LA COULEUR DU LAIT

NELL LEYSHON

LA COULEUR DU LAIT

roman

Traduit de l'anglais (Royaume-Uni) par
KARINE LALECHÈRE

PHÉBUS

Titre original :
The Color of Milk

© Nell Leyshon, 2012.
Première publication en Grande-Bretagne par Fig Tree,
une marque du groupe Penguin.

Pour la traduction française :
© Libella, Paris, 2014.

I.S.B.N. : 978-2-7529-0982-4

PRINTEMPS

ceci est mon livre et je l'écris de ma propre main.
nous sommes en l'an de grâce mille huit cent trente et un, j'ai quinze ans et je suis assise à ma fenêtre. je vois beaucoup de choses. je vois les oiseaux qui piaillent dans le ciel. je vois les arbres je vois les feuilles.
et chaque feuille a ses veines.
chaque tronc a ses fissures.
je suis pas très grande et mes cheveux ont la couleur du lait.
je m'appelle mary et j'ai appris à écrire mon nom. m. a. r. y. ce sont les lettres de mon nom.
je vais vous raconter les choses telles qu'elles sont arrivées mais je ne veux pas me précipiter comme les génisses au portail sinon je vais m'empiéger et de toute manière vous préférez sûrement que je commence par là que les gens commencent en général.

et c'est au commencement.

en l'an de grâce mille huit cent trente mon père habitait dans une ferme avec ses quatre filles et de ces quatre filles j'étais la dernière.

dans la ferme il y avait aussi une mère et un grand-père.

les animaux ne vivaient pas avec nous mais les agneaux rentraient le soir quand ils avaient perdu leur maman et qu'il fallait les nourrir.

l'histoire commence en mille huit cent trente. l'an de grâce mille huit cent trente.

il ne faisait pas chaud au commencement. non, il faisait froid et chaque brin d'herbe était brodé de givre. mais dès que le soleil est sorti les gelées s'en sont allées et les oiseaux ont chanté. je le sentais jusque dans mes jambes. c'est une chose qui m'arrive des fois. le soleil coule dans mes jambes et après il monte à ma tête.

la sève gonflait les tiges et les feuilles se dépliaient. les oiseaux tapissaient le fond de leur nid.

le monde se souvenait du printemps.

je sais très bien où j'étais ce jour-là. j'étais aux poules.

elles avaient été enfermées toute la matinée à pondre et

maintenant il fallait qu'elles courent et mangent les vers et les insectes qui rendent les œufs goûtus. il y avait même un peu d'herbe qui avait repoussé après les froids de l'hiver.
　j'ai tiré la porte du poulailler et le coq a sorti le premier. il paradait comme au défilé mais sans la musique.
　derrière les poules hésitaient et se demandaient quel temps qu'il faisait alors j'ai dû les aider à décider. puis j'ai entendu ma sœur beatrice. elle était au portail et elle criait mon nom.
　mary qu'est-ce tu fais donc là?
　tu crois que je fais quoi?
　on dirait que tu sors les poules.
　allons bon. c'est drôle parce que c'est point du tout ce que je faisais. je dansais avec le coq et puis il y a eu un grand festin et le cochon est arrivé et il s'est assis au bout de la table pour nous chanter une belle chanson.
　tu changeras donc jamais?
　pourquoi faudrait-y que je change? je suis pas mauvaise fille.
　c'est pas de causer que ton ouvrage se fera.
　et toi c'est pas de regarder ce que font les autres que ton ouvrage se fera. où c'est que t'étais d'abord?
　à l'église.
　et les bêtes elles vont se nourrir toutes seules?
　le bon dieu y pourvoira.
　ah oui? et qui c'est qui traîne la mangeoire des poules? c'est pas le bon dieu que je sache.
　il traîne pas ta mangeoire mais peut-être que c'est lui qui fait pousser ce qu'y a dedans.
　tu m'en diras tant. moi qui croyais que j'avais planté ces graines toute seule.
　tu devrais pas causer comme ça.
　je cause comme je veux.

un jour ça te vaudra des embêtements.
des embêtements?
oui. des embêtements.
j'ai mis mes mains sur mes hanches.
des embêtements je m'en attire toujours. mais ça m'a jamais empêchée de dire qu'est-ce que je pensais.
je vois ça.
alors où c'est que t'étais?
je suis allée faire le ménage à l'église sinon il y a de la poussière.
je sais ben qu'il y a de la poussière. je suis pas simplette.
ah bon. t'es sûre mary?
je suis pas simplette et je suis pas lente non plus parce que je parie que c'est ce que t'allais dire. je suis rien de tout ça.

après elle est retournée à la maison et je l'ai suivie jusqu'à la porte de la cuisine. seulement elle avait pas vu que la mère elle était là avec son seau de lait plein à ras bord. elle a accueilli beatrice avec un air qui disait qu'est-ce tu fais à l'intérieur à cette heure? va donc travailler.

beatrice est restée un moment à gober les mouches. puis elle a regardé la mère toute benoîte comme si elle se doutait pas que le lait il allait tourner.

c'est mary qui m'a dit de rentrer. parce que tu me cherchais.

puis elle m'a fait les gros yeux pour que je me taise.
file, a ordonné la mère. allez.
alors beatrice est sortie.
il restait que la mère et moi dans la cuisine.
t'as été aux poules mary?
bien sûr que j'y ai été. tu m'as dit d'aller aux poules alors j'ai été aux poules.
et les œufs y en avait combien?

les œufs ? j'ai fait. les œufs ?
elle attendait.
mais d'abord je dois vous expliquer une chose à propos de ma mère. aucune mouche s'est posée sur elle depuis l'an mille sept cent quatre-vingt-douze. elle avait une semaine et une mouche est entrée dans la pièce. elle s'est posée sur son berceau. mais la mère elle était déjà comme l'eau vive et elle l'a chassée. depuis ce jour elles savent que ça vaut rien de l'approcher.
oui, les œufs, y en avait combien ?
j'ai oublié.
comment ça t'as oublié ?
comment ?
oui. comment ?
ah oui. je sais ce qui s'est passé.
elle a rien dit.
comme je comptais mes pas eh bien les œufs ils m'ont sorti de la tête.
si t'as le temps de compter tes pas c'est que t'as pas assez d'ouvrage et que t'en veux encore, pas vrai ?
j'ai hoché la tête.
parce qu'autrement ton père il va t'étriller. et il va m'étriller aussi. alors tu ferais mieux d'aller les chercher.
je m'en suis donc retournée au poulailler et j'ai mis les œufs dans mon panier. il y en avait qui étaient tout chauds et d'autres qui avaient de la merde et des plumes collées dessus.
j'en ai vu un qu'était resté sous le cul de la poule et je l'ai poussée pour le prendre.
j'ai compté. vingt. c'est mauvais pour les œufs parce que les nombres pairs ils portent malheur. alors je l'ai remis pour qu'ils soient dix-neuf. et j'ai dit aux poules de pondre d'ici à demain si elles voulaient pas finir à la marmite.
la mère se tenait à côté de la table. elle serrait un saladier

contre elle comme si elle avait peur qu'il saute et se fracasse sur les dalles.
j'ai posé le panier d'œufs et j'ai voulu aller dans l'autre pièce.
où c'est que tu vas comme ça?
je vais voir le grand-père.
tu crois quand même pas que tu vas rester au-dedans à jaser toute la journée? c'est pas de causer que l'ouvrage va se faire.
je sais.
et c'est vrai que je sais. mais c'est plus fort que moi. parce que je suis comme je suis. ma langue va comme celle du chat qui lape le lait dans le seau.
j'ai entré dans la pièce et il était assis près de la cheminée. il n'y avait pas de feu. j'ai pris la chaise en face et le grand-père m'a souri.
je lui ai demandé qu'est-ce t'as fait aujourd'hui?
des choses et d'autres. et puis encore d'autres choses.
je me suis rapprochée de lui. est-ce que violette t'a lavé?
pour sûr qu'elle m'a lavé. elle m'a si bien frotté la drôlesse que j'ai cru qu'elle allait m'arracher la peau. elle me prend pour une vache qu'elle va mener au marché. mais on tirerait pas grand-chose de ma vieille carcasse. y a guère de viande dessus, c'est-y pas vrai?
j'ai ri et j'ai arrangé le manteau sur ses jambes pour qu'elles restent bien chaudes vu qu'elles sont mortes depuis qu'il est tombé de la meule de foin.
alors petiote combien que t'as ramassé d'œufs aujourd'hui?
pas assez.
foutredieu. elles vont avoir des ennuis.
c'est moi que je vais en avoir.
donnes-y donc des déchets. gave-les un peu. faut qu'elles engraissent pour pondre.

les déchets c'est tout pour le cochon.
alors sers-toi dans l'auge au cochon.
pour sûr que je vais le faire mais c'est qu'il est foutrement vorace le bougre.
le grand-père a agité le doigt. je veux pas t'entendre parler comme ça. mais t'as pas tort, il est foutrement vorace le bougre.
ça m'a fait rire.
et qu'est-ce tu comptes faire pour l'heure de maintenant?
qu'est-ce tu veux que je fasse? je mangerai quand mon repas sera prêt. je ferai un somme et après je pèlerai peut-être quelques patates, je souperai à table avec vous autres et puis j'irai me coucher et demain la mort elle sera plus près d'un jour.
faut pas dire des choses pareilles.
et pourquoi pas bon dieu? la mort c'est encore la meilleure amie du travailleur.
dis pas ça non plus.
c'est pour ça que t'es venue me voir petiote? pour m'expliquer qu'est-ce que je peux dire et qu'est-ce que je peux pas dire?
non. je suis venue voir comment que t'allais. Si y avait rien qui te faisait besoin.
tout ce qui me fait besoin c'est deux jambes neuves.
ah.
oui. ah.
il a regardé la cheminée éteinte puis moi.
on fait une sacrée paire tous les deux. quatre jambes et seulement une qui marche comme il faut.
on a ri et je me suis levée.
où c'est que tu vas?
elle a dit que j'étais pas censée jaser toute la journée. elle a de l'ouvrage pour moi.

foutredieu! le travail peut bien attendre. repose tes fesses sur cette chaise.

j'ai obéi. t'as vu beatrice? j'ai demandé.

le grand-père a bâillé. ah ça pour la voir je l'ai vue. même que j'ai failli mourir d'ennui. comme si j'étais pas assez affligé sans ça. faut dire qu'elle priait si fort pour mon âme que j'ai cru devenir sourd. qu'est-ce qu'elle imagine avec son bon dieu? que si elle prie assez je vais bondir de ma chaise et danser la gigue? il faudrait plus qu'un miracle pour ça.

il riait tant que ses yeux pleuraient et il a sorti son mouchoir rouge et blanc pour les essuyer.

toi et tes sœurs vous seriez pas plus différentes si votre père il était allé avec toutes les femmes de la paroisse.

mais c'est moi ta préférée?

il a souri puis il a hoché la tête. pour sûr. mais va pas répéter.

à ce moment on a entendu la voix de la mère de l'autre côté de la porte.

vous avez pas fini de jaser là-dedans?

je vais pas attendre qu'elle vienne me frotter les oreilles, j'ai dit.

je me suis levée et j'ai bordé le manteau sous ses jambes puis j'ai ouvert la fenêtre. J'ai sorti et j'ai refermé derrière moi.

j'ai longé notre champ familial en direction du poulailler. je frappais les chardons secs de mon bâton et je faisais voler les graines tout autour.

qu'est-ce tu fais?

j'ai levé la tête et j'ai vu le père au portail.

c'est quoi ces façons de se pavaner comme si t'avais rien de mieux à faire?

je me pavane pas. je cherche violette.

elle est là où qu'elle doit être, aux trois arpents. là où que tu devrais être aussi.
 c'est là que je vais.
 alors traîne pas. va pas te mettre en tête que t'es spéciale rien qu'à cause de ça.
 il montrait ma patte folle.
 j'ai jamais dit que j'étais spéciale.
 j'ai continué ma route. passé les poules j'ai escaladé le portail pour prendre le chemin des trois arpents.
 j'ai pas dit que j'étais spéciale.
 j'l'ai jamais dit.
 et j'l'ai jamais pensé.
 ma jambe c'est ma jambe et j'en ai jamais eu d'autre. j'ai toujours été comme ça et j'ai toujours marché de cette façon. la mère elle prétend que je suis née comme ça. toute malingre avec les cheveux couleur du lait. et en retard même que c'est pour ça que j'avais déjà des cheveux et les ongles longs. comme un animal. à ce qu'elle raconte j'ai regardé autour de moi, j'ai ouvert la bouche et j'ai crié. y en a qui disent que je l'ai jamais refermée depuis.
 y en a aussi qui disent que la mère avait pris mal cet été-là mais qu'elle a pas cessé d'aller au champ même si elle arrivait pas à se pencher à cause de la bosse que je faisais dans son ventre.
 ma jambe elle était tordue sous moi et elle s'est jamais remise comme il faut.
 quand j'étais au berceau on a essayé de me la redresser avec un bout de bois mais ç'a rien fait que l'irriter et j'ai pleuré jusqu'à tant qu'on me l'ôte et qu'on la laisse aller où elle voulait.
 et maintenant je suis comme je suis.

mes sœurs étaient déjà là quand je suis arrivée aux trois arpents. toutes les trois. il y avait beatrice, il y avait violette et puis il y avait hope. j'ai pris mon seau et je me suis mise au travail moi aussi. on se baissait pour ramasser les cailloux, on remplissait les seaux et on les versait dans la charrette.

le soleil chauffait mon dos pour la première fois de l'hiver et les oiseaux le sentaient aussi parce qu'ils faisaient un tel raffut que j'entendais à peine le bruit des pierres contre le métal. alors j'ai pensé, le père on le changera pas mais ça me ferait deuil de rester fâchée un jour comme aujourd'hui. puis la sensation est revenue. le soleil qui coule dans mes jambes et partout dans mon corps jusque dans ma tête.

le soir j'ai cru que j'allais tomber comme une masse parce que j'étais fatiguée et que j'avais mal à la jambe. mais sitôt endormie je me suis réveillée.

la lune brillait dans la chambre et il faisait clair.

beatrice dormait à côté de moi avec sa bible dans une main. je l'entendais qui respirait et qui soufflait.

il faut toujours qu'elle prenne sa bible avec elle au lit. elle l'ouvre et elle tourne les pages en bougeant la tête et les yeux dans un sens puis dans l'autre. seulement elle sait pas lire.

c'est à cause de ce que le père il a besoin de nous à la ferme. il peut pas se permettre de nous envoyer à l'école pour apprendre des choses inutiles. et c'est vrai. est-ce qu'on a besoin de savoir lire et écrire pour jeter des pierres dans un seau ou tirer le lait aux vaches ?

beatrice a arrêté de respirer, puis elle a soupiré bruyamment. quand elle s'est retournée sa main s'est ouverte et la bible est tombée par terre. ça l'a pas réveillée. et moi non plus vu que je l'étais déjà.

j'ai dormi avec toutes mes sœurs et y en a aucune de parfaite. beatrice elle veut pas lâcher sa bible et il faut toujours qu'elle prie au moment où on s'endort. violette elle est très grande et elle se plaint tout le temps qu'elle a froid aux pieds parce qu'ils dépassent. et quand elle se baisse pour ramasser des cailloux ou des pommes de terre elle rouspète qu'elle a mal au dos parce qu'elle doit se pencher plus bas que nous. en plus elle a les coudes pointus. hope elle est carne comme point et elle prend toute la couverture. et si je lui dis que j'ai froid elle répond que c'est pas sa faute vu qu'elle dort mais je suis sûre qu'en vrai elle le fait exprès.

donc beatrice a soupiré, sa bible est tombée et moi je trouvais pas le sommeil. je me suis levée pour la ramasser et j'ai vérifié que l'ortie blanche qu'elle avait mise à sécher dedans était toujours à sa place. je l'ai reposée sur le lit parce que je sais que si elle se réveille les mains vides elle croit que le diable il va l'emporter.

j'ai été à la fenêtre et j'ai écarté la couverture clouée au cadre. la lune brillait tant qu'y avait des ombres comme en plein jour. notre vache préférée était couchée dans le champ et je voyais même les taches noires et blanches sur son pelage. j'ai enfilé ma jupe, j'ai posé un châle sur mes épaules et j'ai ouvert la porte de la chambre.

je suis descendue tout doucement en prenant garde à ma patte folle dans l'escalier parce que je savais que le père il allait me faire danser si je le réveillais. j'ai mis mes souliers puis j'ai traversé la cuisine. dans la souillarde ça puait le fromage et aussi le lait vu que le fromage c'est jamais que du lait solide.

dans la cour il faisait froid. j'ai regretté de pas avoir pris une couverture mais c'était trop tard. j'ai escaladé le portail de notre champ. je voyais que ça avait gelé parce que l'herbe était d'argent sous la lune. la vache me regardait mais elle n'a pas bougé étant donné que c'est notre vache préférée, elle a l'habitude des gens et je crois même qu'elle aime la compagnie. je me suis agenouillée et elle m'a laissée me coucher contre elle. elle était tiède et j'aurais dû rester là. seulement je tiens pas en place et maintenant je suis bien embêtée.

la maison était toute noire. je voyais le toit et les cheminées. Il y en a deux mais on en utilise qu'une. je voyais aussi les fenêtres mais pas les vitres, seulement des taches plus foncées qui faisaient comme des trous dans le mur.

au premier étage j'ai reconnu la fenêtre de notre chambre à beatrice et à moi. à côté il y avait celle à violette et hope, puis celle au père et à la mère. on a encore une chambre mais celle-là je pouvais pas la voir parce qu'elle est de l'autre côté. avant c'était celle du grand-père. maintenant il peut plus monter l'escalier à cause de ses jambes alors il dort en bas dans la réserve aux pommes. c'est pour ça que la maison sent les pommes et le grand-père aussi.

j'ai laissé la vache toute seule et je suis retournée à la maison. j'ai escaladé le portail et j'ai repassé devant le poulailler. je savais pas bien ce que je voulais faire.

j'avais froid et je commençais à me dire que je serais mieux dans mon lit quand j'ai aperçu un homme qui longeait la grange. j'ai pensé qu'il était venu nous voler notre foin. j'ai décidé de le suivre comme ça je verrais son visage et je pourrais répéter au père qui c'était.

à l'arrière la grange s'ouvrait sur le champ qui était éclairé par la lune. j'essayais de faire le moins de bruit possible. je me suis arrêtée. j'étais plus silencieuse que l'église quand elle est vide. alors j'ai vu qu'il n'y avait pas une mais deux personnes.

j'ai attendu. un homme parlait.

est-ce qu'ils savent que tu es sortie ?

non.
oh violette viens ici.
je retenais mon souffle. je n'osais pas bouger.
leurs bouches se sont touchées et il l'a serrée dans ses bras. j'entendais mon cœur qui battait. il a remonté sa jupe puis il l'a poussée dans le foin et ils se sont retrouvés tous les deux allongés. je voyais les jambes blanches de ma sœur et les mains de l'homme sous sa jupe. il a répété oh violette.
il grognait comme un veau qui cherche le pis de la vache.
non il faut pas faire ça, elle a dit.
il a répondu si.
il a collé sa bouche contre la sienne et j'ai vu là où sa chair est molle quand il a défait son corsage que d'habitude elle garde même au lit.
il a écarté ses jambes toutes pâles dans la nuit, il lui a grimpé dessus et il s'est mis à bouger. j'ai fermé les yeux. les bruits n'ont pas duré longtemps.
il a répété violette.
j'ai rouvert les yeux. il était en train de l'embrasser. elle a remis son corsage et elle a baissé sa jupe. il a retiré les brins de paille dans ses cheveux. elle a dit qu'elle devait se sauver.
elle l'a embrassé et je me suis cachée dans l'ombre lorsqu'elle s'est glissée hors de la grange.
il a attendu un petit moment puis il a arrangé ses vêtements, il s'est épousseté et il est sorti à son tour. il a traversé la cour et il s'est éloigné sur le chemin.
je suis retournée au champ. notre vache était toujours là. je me suis assise sur le sol froid à côté d'elle et je me suis blottie contre son flanc. ça sentait le lait et la bouse.
j'ai attendu que mon cœur se calme. l'herbe était dure et argentée à cause du gel.
j'ai soulevé ma jupe et j'ai regardé mes jambes. elles étaient blanches sous la lune. j'ai touché ma peau mais tout

de suite j'ai rabaissé ma jupe et serré mes genoux contre mon menton.
je suis restée assise un moment mais j'avais tellement froid que mes dents se parlaient. alors j'ai fini par me lever et je suis rentrée.

    il y a une chose qu'il ne faut pas oublier.
    j'écris ces mots de ma main en l'an de grâce mille huit cent trente et un et j'en suis fière.
    vous comprendrez pourquoi.
    je m'étais promis de tout vous raconter, mais je ne l'ai pas fait. j'ai menti.

    quand j'étais contre la vache et que j'ai soulevé ma jupe, quand j'ai regardé mes jambes dans l'herbe, j'ai mis ma main à cet endroit.

    au matin beatrice a dû me secouer pour me réveiller. il faisait encore noir. je me suis habillée et je suis descendue traire les vaches. je les ai rassemblées, j'ai pris le seau en fer-blanc et je me suis assise sur le tabouret. j'ai commencé par notre vache préférée. je commence toujours par elle. j'avais la tête appuyée contre son flanc. ses pis me tenaient chaud et le lait venait bien.
    violette s'est installée à côté de moi. elle a bâillé et je me suis souvenue de ce que j'avais vu la nuit dernière mais je me suis dit que j'avais sûrement rêvé, qu'elle avait pas pu faire une chose pareille. puis elle a encore bâillé et j'ai su que c'était vrai.
    le lait giclait contre les parois des seaux.
    violette, t'as bien dormi ?
    elle s'est arrêtée et elle m'a regardée. pourquoi que tu demandes ça ?

je sais pas.
si tu sais pas tais-toi.
j'ai continué à traire mais comme j'entendais rien dans son seau je me suis tournée vers elle. elle me dévisageait toujours.
t'as les doigts gourds ? j'ai fait.
et toi t'as le cerveau gourd ?
je me suis frappé la tête.
non tout va bien.
violette s'est levée et elle a pris son tabouret pour se mettre de l'autre côté de sa vache comme ça elle ne me voyait plus. je me suis penchée et j'ai tiré plus fort sur les pis. je me concentrais pour ne pas penser à ma sœur couchée dans le foin avec sa jupe troussée et ses jambes pâles sous la lune.

ce jour-là on devait mener les moutons paître à côté de l'église et le père m'a dit d'y aller avec hope.
elle a pris la tête du troupeau. elle fermait les portails pour que les moutons entrent pas chez les gens et je passais après pour les rouvrir. c'est mieux devant parce que derrière on marche dans les crottes.
on a traversé le village jusqu'à l'église. hope a fait avancer les bêtes dans le champ puis on a refermé la barrière. de là on voyait le toit de la maison qui s'appelle le presbytère. soudain, il a sorti et il s'est approché. ralph. le fils du pasteur.
il désirait savoir si violette était avec nous. on a répondu non, elle ramasse les cailloux aux trois arpents et nous aussi faut qu'on y retourne. j'ai pas pu m'empêcher de lui demander pourquoi qu'il voulait la voir.
pourquoi pas ? il a fait.
vous êtes déjà allé la voir à la ferme ?
avec ton père à côté ? ça ne risque pas.

alors vous étiez pas chez nous la nuit passée ?
qu'est-ce que tu racontes ? il me regardait avec un drôle d'air et je voyais bien que hope aussi.
oui. qu'est-ce tu racontes ?
rien.
alors hope elle s'est tournée vers ralph et elle a haussé les épaules.
elle est comme ça. elle a rien dans la tête.
qu'est-ce que vous faites ici toutes les deux ?
on a mené les moutons au champ.
ralph a regardé le chemin et il a montré les crottes.
ça se voit.
hope a ri. elle a glissé ses cheveux derrière son oreille et elle lui a souri.
viens, je lui ai dit. le père va nous chercher.
l'écoutez pas, elle raconte n'importe quoi. qu'est-ce que vous faites à cette heure ?
je ne sais pas, a dit ralph. ça dépend. et toi qu'est-ce que tu fais ? comment t'appelles-tu ? vous êtes tellement nombreuses que je m'y perds.
hope.
il a répété son nom lentement. hope.
je l'ai tirée par le coude et elle m'a bousculée.
t'as qu'à rentrer, toi.
et le père ?
dis-lui que je suis restée à soigner un mouton.
il y croira pas.
y a pas moyen de la faire taire celle-là, a dit hope. elle me rend folle.
alors elle m'a attrapé le bras et elle a pincé de toutes ses forces.
rentre à la maison.
hé.

quoi hé ? elle m'a poussée et j'ai trébuché.
file je te dis. à la maison.

je suis retournée par le chemin. j'ai longé les dix arpents puis les trois arpents jusqu'à la ferme.
le père était au cochon. il m'a regardée entrer dans la cour.
où c'est qu'elle est ta sœur ?
elle est restée à soigner un mouton.
je me suis écartée parce que je savais ce qui m'attendait mais la claque elle est arrivée tellement vite que j'ai rien pu faire.
va donc au champ qu'il a dit.

violette se frottait le dos parce qu'elle avait mal mais c'est comme ça quand on est grand. beatrice jetait ses pierres dans le seau alors qu'il était à deux pas car elle aimait le tintement sur le métal. elle chantait un psaume qu'elle avait entendu à l'église un jour où elle espérait apercevoir le bon dieu.
les oiseaux sont venus voir ce qu'on faisait puis ils sont partis quand ils se sont rendu compte qu'on ne semait pas.
j'avais un peu mal à la tête à cause de la gifle mais le soleil me chauffait le dos et j'ai eu tôt fait de l'oublier. en fait j'avais tout oublié sauf que j'étais au soleil à écouter les oiseaux. et on chantait toutes les trois en ramassant nos cailloux.
mais le jour tombait et le temps s'est bientôt mis à la nuit si bien qu'on ne distinguait plus les pierres de la terre.
on a rempli nos derniers seaux puis je suis allée chercher le cheval et je l'ai attelé à la charrette pour les vider dans les taillis au bout du champ où ça risquait pas de gêner la charrue.

il faisait noir quand on est rentrées. la lampe était allumée dans la cuisine et la mère était près de la cheminée. le grand-père était déjà à table.
    bonsoir grand-père, je lui ai dit. t'as passé une bonne journée?
    c'est la mère qu'a répondu à sa place.
    sûrement qu'il a passé une bonne journée. il a pas levé les fesses de sa chaise ce vieux fainéant.
    c'est pas qu'il est fainéant. il est obligé de rester assis à cause de ses jambes.
    autant être mort, elle a dit.
    pour sûr, j'aimerais mieux être mort que d'entendre ces sottises.
    moi je suis bien contente que tu sois vivant grand-père. parce que tu mets de la joie dans cette maison.
    la mère a secoué la tête.
    qu'est-ce que ça rapporte la joie?
    il est où le père? a demandé violette. et hope? je l'ai pas vue au champ.
    même qu'on a dû faire son travail à sa place, a ajouté beatrice.
    c'est à ce moment qu'ils sont entrés. le père tirait hope derrière lui. elle braillait et se débattait comme un diable mais il l'a fait asseoir sur le banc. le sang lui pissait du nez sur le visage et sur la table.
    c'était pas nécessaire, a dit le grand-père.
    comment ça pas nécessaire? elle va pas courir la prétentaine quand y a du travail à la ferme.
    parce que toi t'as point couru avant de marier leur mère? tu disparaissais pendant des heures au lieu que de rentrer le foin.
    c'est pas parce que t'es mon père que je vais te laisser me chanter ma leçon sur ce ton.

il a attrapé le grand-père par le bras et il l'a traîné dans l'autre pièce.
fais donc quelque chose, j'ai demandé à la mère.
qu'est-ce tu veux faire? à qui c'est qu'elle est cette ferme? qui c'est l'homme ici?

le lendemain on labourait les trois arpents. on a commencé par passer sur les dernières moyettes de l'année d'avant pour bénir la terre et la récolte à venir.
tous les matins je menais la jument au champ et je l'attelais à la charrue. à midi je m'assoyais par terre, je mangeais mon quignon et mon fromage et je buvais du lait. puis je reprenais les rênes et on repartait. on creusait les sillons tous les jours du lever au coucher du soleil.

un soir tard je suis entrée dans la réserve aux pommes. le grand-père était dans son lit entre les cageots. j'en ai pris un et je l'ai retourné pour en faire un tabouret.
qu'est-ce tu fais?
il me faut une raison pour venir te voir?
bien sûr que non. comment va le monde?
toujours pareil.
tu laboures?
j'ai montré mes mains. foutredieu, elles sont couvertes d'ampoules.
faut pas causer comme ça la petiote.
oui mais ça fait mal.
allons, ce sera fini tantôt. après tu pourras t'allonger et regarder les graines pousser.
parce que tu crois qu'il va nous laisser nous allonger?
il vous laisse bien dormir.
seulement parce qu'on travaille mieux le lendemain et puis aussi parce qu'il fait noir et qu'on y voit rien.

le grand-père a ri. il a pris une pomme dans un cageot et il a mordu dedans. aussitôt il l'a jetée à l'autre bout de la pièce et il a recraché.
    foutredieu! c'est amer.
    alors toi tu peux le dire mais pas moi?
    je suis vieux.
    pas tant que ça.
    je me sens très vieux.
    tu veux que je t'en trouve une qu'est bien sucrée?
    non, des pommes j'en ai eu mon aise.
    j'ai regardé autour de moi.
    t'as pas grand-chose à faire ici. tu t'ennuies jamais?
    à ton avis?
    le temps doit te sembler long quand on est tous aux champs.
    ta mère va et vient. elle me traite de fainéant au passage.
    t'es malheureux des fois?
    jamais bien longtemps.
    moi non plus. et quand je suis triste je dois faire un effort pour me souvenir pourquoi. sinon je redeviens heureuse.
    on est restés sans causer un moment puis le grand-père m'a demandé si je savais quel jour on était demain.
    je sais jamais le jour qu'on est.
    dimanche de pâques.
    alors on va aller à l'église.
    tu devrais te réveiller tôt et grimper sur la colline pour voir le jour se lever.
    pourquoi que j'irais faire une chose pareille?
    parce que tous tes vœux pendant l'année qui vient se réaliseront.
    tous?
    tous.

après je voulais pas dormir parce que j'avais peur de rater le lever du jour.

quand j'ai pensé qu'il était temps je me suis levée sans bruit, j'ai mis ma robe et mon châle. mais beatrice s'est réveillée juste au moment que je sortais. elle a demandé pourquoi que t'es debout? t'as donc des fourmis sous les pieds?

je vais voir le soleil se lever au sommet de la colline. il paraît que ça porte bonheur et c'est pas la peine de me dire de me recoucher parce que j'ai le sang trop vif et des trépidations dans les jambes quand je reste allongée alors il faut que je bouge.

il fait encore nuit.

mais c'est le dimanche de pâques et je dois y aller.

dans ce cas attends-moi.

j'ai attendu tandis qu'elle s'habillait puis on a sorti de la chambre tout doucement. j'ai cherché la rampe à tâtons pour descendre et elle m'a suivie. en bas de l'escalier j'ai entendu une porte s'ouvrir et on a toutes les deux retenu notre souffle. je guettais la voix du père mais le plancher a craqué et j'ai compris que c'était pas lui vu qu'il aurait déjà crié et que ça chaufferait pour nous. c'était hope. quand on lui a dit tout bas où on allait elle est partie chercher violette. alors toutes les quatre on a chaussé nos souliers et on s'est glissées dehors. on a traversé la cour et on s'est éloignées. une fois qu'on était sûres d'être à l'abri on s'est mises à rire et à sauter parce qu'on savait qu'on faisait une bêtise mais qu'est-ce qu'il pouvait contre nous toutes?

on a pris la direction de la colline. le sentier était bourbeux et les ronces s'accrochaient à nos jupes. il faisait encore nuit mais je voyais le jour qui poussait les nuages.

violette marchait en tête comme toujours à cause de ses jambes qui sont longues puis venait beatrice et puis hope.

j'étais la dernière parce qu'elles allaient trop vite mais ça me dérangeait pas tant que je pouvais regarder autour de moi et être avec moi-même. j'ai entendu un oiseau dont j'ai pensé qu'il était un engoulevent, puis un autre dont j'étais sûre qu'il était un hibou.

j'ai cru aussi entendre un animal dans les fourrés. peut-être un lapin ou même un blaireau parce qu'ils aiment les coteaux et qu'ils font de fiers dégâts quand ils creusent leur terrier.

j'ai appelé mes sœurs pour leur demander de marcher moins vite ou même d'attendre jusqu'à tant que je les rattrape mais elles n'ont pas répondu et elles étaient loin alors j'ai continué de grimper et j'ai escaladé le portail qui menait à la colline.

je commençais à traîner la patte mais le ciel pâlissait déjà et je n'ai pas ralenti.

je les ai retrouvées au sommet. de tous les côtés on voyait jusqu'au bout du monde parce qu'il n'y avait ni arbre ni rien pour arrêter le regard.

et soudain c'était comme si on soulevait un couvercle au-dessus de nos têtes. les nuages ont rapetissé et ils sont partis, le ciel s'est éclairci et les étoiles se sont éteintes.

puis le soleil a paru. le jour nouveau était là.

j'ai regardé autour de moi. devant. derrière. partout. un vol d'oiseaux est passé puis il est revenu tournoyer au-dessus de nous. ils prenaient la tête du groupe à tour de rôle avant de céder leur place.

violette s'est assise la première face à l'est et au soleil tout neuf. les autres se sont installées à côté d'elle et moi aussi.

si vous deviez faire un vœu aujourd'hui ça serait quoi ? elle a demandé.

je me suis allongée et j'ai posé la tête dans l'herbe. ça me faisait froid dans le cou et dans les cheveux.

beatrice ? c'est toi qui commences.
elle a pris une respiration et elle a soupiré.
allez.
je peux demander tout ce que je veux ?
tout ce que tu veux.
dans ce cas j'aimerais rencontrer le seigneur tout-puissant.
hope s'est redressée. en voilà une idée ! de toute façon tu le rencontreras bien assez tôt quand tu franchiras les portes.
vous avez dit que je pouvais choisir ce que je voulais. et c'est ça qui me plaît.
d'accord, a fait violette. à toi, hope.
moi j'aurais une autre vie. j'habiterais toute seule dans ma maison et j'aurais mon lit à moi qui serait bien chaud toute l'année. j'aurais jamais besoin de sortir dans le noir pour coller ma tête contre le flanc d'une vache, j'aurais de l'eau chaude toute la journée et des gens pour m'apporter ce que j'aime à manger.
violette a éclaté de rire. c'est tout ?
oh non. je ne veux plus avoir faim ni soif ni être tellement épuisée que je dors debout.
alors t'as intérêt à marier un riche. mais comment il fera avec ton caractère de cochon ?
j'ai pas un caractère de cochon. mais des fois je suis fatiguée.
ça nous a bien fait rire. puis deux lapins ont surgi. ils nous ont regardées et ils ont détalé. le ciel était de plus en plus clair et le soleil de plus en plus haut.
vous savez ce que j'aimerais ? a fait violette. je voudrais avoir une école où les enfants viendraient tous les jours.
et qui serait le maître ? a demandé beatrice.
moi.
hope a ri. tu serais bien empruntée de leur apprendre quelque chose. tu sais même pas lire et écrire.

tais-toi.
c'est un rêve idiot.
pas tant que le tien.
arrêtez de vous disputer, a dit beatrice. il faut redescendre maintenant. le père va pas tarder à se réveiller et il va nous chercher partout.
elles se sont levées. elles ont secoué leurs jupes et elles se sont enveloppées dans leurs châles.
violette m'a donné un petit coup de pied. viens mary.
j'ai avalé une grande goulée d'air frais. il est descendu dans mes poumons. il semblait neuf, pas comme l'air d'en bas.
violette a répété mon nom mais je regardais les oiseaux et les nuages qui filaient dans le ciel.
allez, a fait beatrice. il faut traire les vaches.
elle finira bien par rentrer, a dit hope.
elles sont parties en courant et je les écoutais toutes les trois rire, crier et s'interpeller.
je me suis redressée et je les ai suivies des yeux jusqu'à ce qu'elles disparaissent.
je me suis rallongée dans l'herbe nouvelle même si le froid avait traversé ma jupe. j'ai regardé le ciel changer de couleur et le soleil continuer à monter.
quand je me suis levée je voyais la ferme, le chemin et les champs.
et moi je demanderais quoi si je pouvais faire un vœu ?
qu'est-ce que je répondrais si on me posait la question ?
je n'en avais aucune idée. je savais que j'avais des rêves mais je ne savais pas lesquels.

il m'attendait dans la cour. il a rien dit et j'ai rien dit. je me suis dirigée vers la maison alors il m'a rattrapée et il m'a traînée à l'intérieur sous les yeux de hope et violette. dans la cuisine la mère regardait. je criais et elle ne bougeait pas. elle regardait.

il m'a tirée dans l'escalier par le bras et les cheveux. il a ouvert la porte d'un coup de pied et il l'a refermée de la même façon.

je n'aime pas vous raconter tout ça.

je n'aime pas, mais je me rappelle ce jour et je me rends compte que c'est là que les choses ont changé.

et je me suis promis de ne rien cacher.

vous vous souvenez.

je l'ai dit.

je ne sais pas avec quoi il a frappé. je ne sais pas combien de fois. j'ai fermé les yeux et j'ai laissé faire.

il y avait du bruit. il tapait dans le lit. il tapait dans la porte.

puis ça s'est arrêté. il m'a jetée sur le matelas et il a sorti. je n'ai pas bougé. j'avais les mains devant le visage et j'attendais.

on a poussé la porte et beatrice est entrée. elle a essayé à me faire tourner la tête mais je ne voulais pas la regarder. elle a enlevé mes mains l'une après l'autre et elle m'a lavée avec un linge humide. je ne pouvais pas ouvrir les yeux normalement mais je voyais qu'elle m'examinait.

mary, ça va?

je n'arrivais pas à bouger la tête mais je pouvais parler. ça en valait la peine, j'ai dit.

je suis assise à ma fenêtre et j'écris ces mots de ma propre main. je dois me hâter tant qu'il y a du soleil. la nuit je ne peux pas écrire à la lune car elle n'éclaire pas assez.

je me souviens de cette journée et je sais que c'est là que tout a changé.

ÉTÉ

ceci est mon livre et je l'écris de ma propre main.
 en cet an de grâce mille huit cent trente et un je suis toujours assise à ma fenêtre. je sens le vent qui rentre par les fentes du cadre.
 je suis fatiguée et j'ai mal au poignet.
 mais j'ai promis d'écrire la vérité et les choses comme elles sont arrivées. alors je vais le faire.
 et mes cheveux ont la couleur du lait.

ça poussait bien. il y a eu la floraison puis elle est passée. les premières feuilles sont apparues. les oiseaux chantaient. l'air était doux et les mauvaises herbes revenaient si vite qu'on avait à peine le temps de les arracher que déjà il fallait y retourner avec la binette. il pleuvait mais pas trop et dès que la pluie cessait le soleil sortait. c'est pour ça que tout venait si bien.

les champs étaient tout verts.

le cheval, les vaches et le cochon mangeaient à leur aise. même que le cheval a pris mal aux sabots tellement que l'herbe était riche.

ça promettait d'être la meilleure récolte depuis longtemps.

j'ai tiré de l'eau au puits et je l'ai portée à la mère dans la souillarde. alors elle m'a dit de poser le fromage sur la table de la cuisine. il était lourd. elle a sorti le fil à couper du tiroir. un fil métallique avec deux poignées en bois. elle me l'a donné.

fais attention à pas gâcher le fromage ou il t'en cuira.

j'ai mis le fil sur le dessus. j'ai pris les poignées et j'ai tiré puis j'ai appuyé. lentement. il a traversé le coton et il s'est enfoncé dans la pâte.

j'ai continué jusqu'à tant que le fromage se sépare en deux morceaux. il était jaune au-dedans et il sentait fort.

encore une fois, a fait la mère. j'en ai coupé une belle tranche et on a enveloppé le reste avant que de le ranger.

la mère en a recoupé un petit bout qu'elle m'a donné. elle a dit que la première personne qui goûtait le fromage jeune aurait un bébé.

je l'ai mis dans ma bouche. il était fort. ça m'a brûlé la langue.

j'ai pris le temps de l'avaler avant de demander : comment que je pourrais avoir un bébé avec ce fromage?

attends et tu verras.

mais comment?

tu cesseras donc jamais? toujours à poser des questions.

j'aime comprendre les choses.

elle a repris le fil et elle a coupé plusieurs morceaux.

si j'ai un bébé, est-ce qu'il aura une patte folle comme moi?

je peux pas dire. on peut pas savoir à l'avance. regarde-toi.

elle s'est tournée et elle a emballé les tranches de fromage avec du pain.

hope et beatrice binaient mais je voyais nulle part le père et violette. puis quand je me suis approchée je les ai reconnus au bord du champ. violette était assise par terre et il était penché sur elle.

il a levé la tête et il a demandé pourquoi j'avais été si longue.

je lui ai répondu que j'étais occupée et que je leur portais le casse-croûte.

t'étais pas pressée.

j'ai fait aussi vite que j'ai pu.

n'empêche que c'était pas assez vite.
qu'est-ce qu'elle a violette?
elle a qu'elle est fainéante.
je suis pas fainéante. je me sens pas bien.
le père a pris son pain et son fromage et il est allé s'asseoir à l'ombre d'un arbre. beatrice et hope nous ont rejointes et on s'est retrouvées toutes les quatre. je leur ai distribué leur casse-croûte.
violette avait à peine déballé le sien qu'elle s'est tournée pour vomir dans l'herbe. hope a fait la grimace.
quelle truie celle-là.
c'est pas sa faute, a répondu beatrice.
peut-être mais c'est quand même nous qu'on fait tout le travail.
j'ai passé le cruchon à violette pour qu'elle se débarbouille puis elle s'est essuyée avec sa jupe.
faut finir aujourd'hui, sinon il hésitera pas à nous faire biner au clair de lune, a dit hope.
violette s'est allongée au soleil dans l'herbe et elle a fermé les yeux.
dans une minute ça ira mieux.
mange quelque chose, j'ai dit.
je peux pas.
le père m'a appelée : apporte voir le casse-croûte de violette si elle en veut point.
j'y ai été et il a tout englouti.
j'ai attendu pendant qu'il terminait le pain et le fromage. puis il a pris le cruchon et il a bu.
assois-toi donc.
je me suis assise au bord de la tache d'ombre que l'arbre dessinait sur le sol.
le révérend graham du presbytère, il a sa femme qu'est malade. alors je lui ai dit que tu pourrais les aider.

moi ?
fais pas l'idiote
pourquoi qu'ils ont besoin de moi ?
leur bonne est partie et ils trouvent personne pour la remplacer. il m'a demandé si je pouvais me passer d'une de mes filles.
et t'as dit oui ?
il paie.
pourquoi moi ?
parce que t'abats pas le travail d'un homme avec ta patte folle.
quand c'est que je dois y aller ?
demain.
c'est pour la journée ?
non.
jusqu'à quand ?
jusqu'à tant qu'ils ont plus besoin de toi.
ah.
pendant que le père buvait je regardais la boule dans son cou qui montait et descendait.
et faudra que j'y aille tous les matins ?
non.
j'attendais. il n'a pas répondu tout de suite.
t'habiteras sur place.
il m'a rendu le cruchon. il s'est levé et il a pris sa houe. les autres ont vu qu'il retournait travailler alors elles ont fait pareil.

il y a une chose que je dois vous dire.
j'avais jamais dormi ailleurs que dans le lit que je partageais avec l'une ou l'autre de mes sœurs.
j'avais jamais été plus loin que le champ de l'église où qu'on mène les bêtes.

le grand-père était dans son fauteuil quand je suis entrée.
je me suis assise en face. il m'a souri.
te voilà. qu'est-ce t'as mary ? je donnerais n'importe quoi pour être dehors à travailler au soleil. dire que je me suis plaint de mon dos pendant toutes ces années et maintenant je me plains que je peux plus me baisser pour regarder la terre. c'est seulement quand c'est plus possible que tu te rends compte à quel point ça te manque. mais peut-être bien aussi que c'est parce que j'ai rien connu d'autre de ma vie.
peut-être ben.
oui. toutes ces années à retourner la terre et à planter des graines. élever une génisse et puis lui tirer le lait. jamais rien fait que ça. c'est drôle quand même.
oui.
mary ?
quoi ?
qu'est-ce t'as, petiote ? t'as rien à raconter aujourd'hui ? le diable t'a donc coupé la langue ?
le père veut m'envoyer au presbytère.
je sais.
comment tu sais ?
il me l'a dit ce matin.
tu m'en as pas causé ?
je t'en cause maintenant.
je dois y aller demain.
il m'a dit. mais tu reviendras.
je dois dormir là-bas. habiter là-bas.
la belle affaire. au moins tu seras loin de lui.
mais je serai loin de toi.
c'est ça qui te fait deuil ?
oui.

je pensais que tu serais contente d'être débarrassée d'un vieux débris comme moi.

je suis contente d'être débarrassée du père. mais pas de toi. pas de la ferme.

t'en fais pas. ils sauront s'occuper de toi là-bas. et tu seras à moins d'un kilomètre.

le soir on a mangé tard et on a ressorti pour terminer les dernières corvées avant la nuit. le grand-père était assis sur sa chaise dans la cour et il nous regardait nettoyer la grange qu'on préparait pour la prochaine récolte. l'air sentait bon la chaleur et le pollen. le foin qu'on dégageait faisait de la poussière. on travaillait toutes ensemble. les oiseaux piquaient et remontaient vers le ciel avec les insectes qu'ils avaient capturés au vol. le soleil se couchait rouge. on a toutes chanté.

ensuite on est rentrées et on s'est attablées dans la cuisine. la mère nous a distribué du pain. l'air tiède pénétrait par la fenêtre ouverte et les papillons de nuit tournaient autour de la flamme.

faut vraiment que j'aille là-bas ? j'ai demandé.

tu sais ce que ton père a dit. et tu sais comment qu'il est. discuter te mènera nulle part.

à peine elle avait fini que le père est arrivé. tout le monde s'est tu.

je suis montée dans la chambre et j'ai préparé mes affaires pour le lendemain. jupe. jupon. tablier. bas. châle. j'ai nettoyé mes chaussures crottées et je les ai posées à côté du lit. tout était là.

beatrice est entrée. elle a pris sa bible et l'a serrée contre elle.

récitons une prière pour toi.

non.

s'il te plaît.
elle s'est agenouillée et elle m'a forcée à l'imiter. le plancher était dur. elle a ouvert la bible et on aurait dit qu'elle lisait sauf que je savais que c'était pas vrai.
seigneur, veille sur ton enfant.
je suis pas une enfant.
chut mary. seigneur veille sur ton enfant et fais qu'elle soit heureuse dans sa nouvelle maison.
c'est pas ma nouvelle maison. j'ai qu'une maison et c'est ici.
chut. merci seigneur. amen.
nous nous sommes couchées dans l'obscurité. sa respiration a ralenti. j'ai attendu qu'elle devienne régulière pour me relever et je suis allée à la fenêtre.
j'ai vu notre vache dans son manteau noir et blanc au portail de notre champ.

maintenant c'est l'an de grâce mille huit cent trente et un et j'ai quinze ans, mais je pense encore à cette soirée. il faisait bon dans la cour. le grand-père avait sorti sa chaise et on nettoyait la grange toutes les quatre et la mère nous donnait un coup de main. l'air était tiède. il sentait l'été et la ferme.
si je pouvais arrêter le temps alors je vivrais cette minute toute ma vie et pour l'éternité.
mais une minute ne peut pas durer l'éternité.

allongée sur le matelas de plume à côté de ma sœur j'avais la tête qui tournait en rond comme un veau affolé. j'essayais d'imaginer le quotidien au presbytère mais je ne pouvais rien savoir étant donné que je n'y étais pas.
et je peux pas dire que j'étais heureuse.
je peux pas dire non plus que je n'avais pas peur.
j'ai dû quand même dormir parce que je me suis réveillée.

j'étais la première levée. j'ai lacé mon corselet, j'ai enfilé ma jupe et mes souliers, j'ai pris mon tabouret et mon seau et je suis allée traire notre vache préférée. j'ai appuyé ma tête contre son flanc. ça sentait le lait et la bouse.

quand le seau était plein j'ai ramené la vache dans notre champ. j'ai porté le lait à la souillarde, je l'ai couvert d'un torchon et je suis rentrée manger du pain avec des rognures de pommes. j'ai avalé mon thé puis j'ai enveloppé mes affaires dans mon châle. et je suis allée dans la réserve aux pommes.

le grand-père était couché sur son lit entre les cageots et il m'a regardée entrer.

j'allais parler mais j'ai entendu le père m'appeler.

je dois partir, j'ai dit.

alors file.

mais je ne bougeais pas.

ça va aller, toi ? j'ai demandé.

le grand-père a ri. pour sûr que ça ira. ça fait déjà quelques années que je suis sur cette terre. je vais pas me laisser mourir seulement parce que t'es plus là pour me tenir compagnie. maintenant file.

on avait le soleil dans le dos et le père allait plus vite que moi. je portais mon baluchon et on avait le soleil dans le dos.

j'ai couru pour rattraper le père mais il a pas ralenti. alors je suis restée derrière. je voyais que son cou était rougi par le soleil et qu'il faisait des plis avec de la crasse dedans.

je l'ai appelé.

quoi ?

moins vite.

je leur ai dit qu'on y serait tôt.

je pourrai venir vous rendre visite ?

je sais pas.

est-ce que je serai rentrée pour la moisson ?

le père s'est arrêté.
tout ce que je sais c'est qu'ils vont me payer pour que tu restes là-bas.
oui mais combien de temps ?
arrête un peu de causer et avance. on nous attend.

on a longé l'église pour se rendre au presbytère. il y avait une porte verte avec un heurtoir et une boîte aux lettres en cuivre. et des fleurs. et des grandes fenêtres peintes en vert aussi. on a fait le tour. à l'arrière il y avait un potager et un jardin. un homme était en train de creuser. la porte de service était ouverte. on s'est approchés.
le père a frappé et il a appelé. une femme est sortie. elle était courtaude et large avec un tablier et un petit chapeau blancs. elle nous a dit d'attendre ici qu'elle allait chercher le révérend.
il est arrivé presque de suite. il nous a salués et il a serré la main du père même si elle était très sale.
je vous présente mary.
le pasteur m'a souhaité la bienvenue.
elle vous causera point d'embarras, a dit le père.
j'en suis sûr. merci de l'avoir amenée.
puisque c'est réglé, je ferais mieux de rentrer.
il m'a fait un signe de tête et il est parti.
le révérend m'a souri. entre, mary.
je l'ai suivi dans le couloir dallé jusqu'à la cuisine où on a retrouvé la femme en tablier blanc.
edna voici mary. mary je te présente edna. tu l'aideras tant que mon épouse est malade. n'est-ce pas edna ?
oui.
montre sa chambre à mary. elle n'aura qu'à poser ses affaires là-haut.
j'ai pas grand-chose.

ne t'inquiète pas. edna s'occupera de toi. et elle t'expliquera ce qu'il y a à faire.
le pasteur graham nous a laissées.
edna m'a examinée des pieds à la tête et elle a tourné autour de moi. tu es bonne fille? elle a demandé.
oui.
tu es propre?
je fais de mon mieux.
suis moi.
on a repris le couloir dallé jusqu'à l'escalier. on a monté un étage puis un autre qui menait sous le toit. là il y avait une mansarde avec deux lits.
tu dormiras ici avec moi.
elle m'a indiqué le lit près de la fenêtre et j'ai posé mon baluchon dessus.
est-ce que tu as un tablier?
oui.
j'ai défait mon châle et j'ai sorti mon tablier.
il est dégoûtant. C'est tout ce que tu as?
j'ai hoché la tête.
elle a regardé mon châle, mes bas et mon jupon.
c'est tout ce que tu as apporté?
c'est tout ce que j'ai.
qui est-ce qu'ils sont encore allés chercher, hein? bon, suis-moi.
on est redescendues à la cuisine. elle a ouvert le grand placard et elle en a sorti un tablier blanc qu'elle m'a attaché et puis un petit chapeau comme le sien qu'elle m'a épinglé dans les cheveux.
laisse-moi te regarder, elle a dit. c'est pas mal et ce sera encore mieux une fois qu'on t'aura débarbouillée. maintenant je vais te faire visiter notre domaine.
elle a refermé le placard et elle m'a expliqué tous les

tiroirs et les étagères et comment étaient rangées les choses.
puis elle m'a montré la souillarde qu'elle appelait l'arrière-cuisine et puis aussi la réserve.
 après je l'ai suivie dans le couloir dallé. elle s'est arrêtée devant la première porte et elle l'a ouverte.
 j'ai vu une grande table avec six chaises. il y avait encore des placards en bois. et un tapis par terre. un tableau d'une femme et un autre d'un chien.
 la salle à manger.
 c'est pour quoi faire cette pièce ?
 edna a ri. à ton avis ? c'est ici qu'ils mangent.
 puis elle m'a menée jusqu'à la porte suivante mais elle était fermée.
 c'est le bureau du révérend. c'est là qu'il travaille et qu'il passe la majeure partie de ses journées.
 pourquoi que vous murmurez ?
 parce qu'il doit être en train d'écrire son sermon ou autre chose.
 elle a continué jusqu'au bout du couloir.
 et voici le boudoir.
 elle a ouvert la porte.
 la pièce était toute blanche et lumineuse. les hautes fenêtres descendaient jusqu'au sol et donnaient sur le jardin. il y avait aussi un piano en bois. et un grand tapis à fleurs, une table, deux chaises et un drôle de lit avec un dossier et une femme allongée dessus.
 voici madame graham. madame, c'est mary qui vient de la ferme pour nous aider.
 madame a levé la main et elle l'a laissée retomber. bonjour mary. merci d'être venue.
 j'étais bien obligée. le père il ne m'a pas donné le choix.
 edna m'a flanqué une bourrade dans les reins et je me suis retournée. qu'est-ce qu'il y a ? j'ai fait.

ça ne se dit pas.
et pourquoi puisque c'est vrai?
je vais lui apprendre les bonnes manières, madame graham. ne vous inquiétez pas.
je ne m'inquiète pas edna. je suis sûre qu'elle s'en sortira très bien.
edna m'a tirée vers la porte. viens, madame est fatiguée.
mais non. mary n'a qu'à rester un peu pour ranger.
il faut d'abord que je lui montre. elle doit apprendre à faire les choses comme il faut.
elle apprendra petit à petit. laisse-la donc avec moi.
edna est sortie et je suis restée plantée là. j'essayais de ne pas trop regarder autour de moi mais je ne pouvais pas m'empêcher parce que j'avais jamais vu une pièce pareille.
le drôle de lit de madame était bleu et c'était le même bleu qui pendait de chaque côté des fenêtres. et le tapis tout doux avait aussi des fleurs bleues.
mary?
oui?
tu vas bien?
mais oui madame.
tu as l'air un peu perdue.
je suis pas perdue. je sais où je suis. c'est juste que je n'ai pas l'habitude de toutes ces choses.
alors il faudra t'y habituer. vas-tu rester avec nous?
je suis bien obligée vu que votre mari il paie le père pour cela. parce que vous avez besoin de quelqu'un tant que vous êtes malade.
madame a souri.
c'est ce que j'avais cru comprendre. serais-tu assez aimable pour me mettre un autre oreiller sous la nuque?
un quoi?
tu ne sais pas ce qu'est un oreiller?

non.
c'est comme un coussin, mais on s'en sert pour dormir.
ah. chez nous c'est simplement un coussin.
eh bien à présent tu sauras que c'est un oreiller. regarde, ils sont juste là.
elle m'en a montré un tas et j'en ai pris un. elle s'est penchée en avant pour que je le glisse derrière elle puis elle s'est rallongée.
sa peau était aussi blanche que mon nouveau tablier. sur son front il y avait un vaisseau bleu qui tressautait comme une patte de poule après qu'on lui a tordu le cou.
vous êtes malade ?
en effet.
et c'est quoi que vous avez ?
on ne te l'a pas dit ?
on m'a rien dit, seulement que je devais quitter la ferme pour rester ici tant que vous voulez de moi et faire ce que vous demandez.
madame a souri.
j'ai le cœur faible.
ah.
très faible.
votre voix aussi elle est faible.
elle a souri encore. sans doute. je n'ai jamais eu le cœur très solide mais cela ne cesse d'empirer. le médecin est venu mais il n'a pas l'air capable de faire grand-chose.
et c'est à cause de ça que vous êtes malade ?
j'en ai peur. le cœur est hélas un organe relativement important. il semblerait que rien ne marche quand il ne va pas bien. mais je garde un esprit assez vif, je l'espère du moins.
on dirait bien. j'ai pas l'impression qui y a quoi que ce soit d'anormal de ce côté-là.

elle a eu un petit rire et puis elle a fermé les yeux. j'allais partir mais elle a parlé.
reste encore.
je me suis arrêtée.
mon mari m'a dit que tu venais de la ferme.
oui.
je vous ai déjà vues toi et tes sœurs, à l'église. tu ressembles de plus en plus à ta mère. mais tu souris plus qu'elle.
c'est pas bien difficile.
elle ne sourit pas beaucoup?
ah ça non.
pourquoi?
elle a sans doute pas beaucoup de raisons de s'amuser.
ah.
j'ai regardé autour de moi. alors c'est ici que vous venez pour bouder? j'ai fait.
pardon?
edna a dit que c'était le boudoir.
madame a ri.
vous vous moquez de moi?
non, c'est charmant. un boudoir est une sorte de petit salon. quelles pièces avez-vous à la ferme?
eh ben y a la cuisine, l'autre pièce et la réserve aux pommes.
ah. je vois.
et maintenant, qu'est-ce que je dois faire?
tu peux ranger un peu. remettre ces livres à leur place.
elle m'a montré une pile par terre et je les ai ramassés.
c'est où leur place?
elle m'a indiqué le mur qui était couvert de livres. il y en avait de toutes les tailles et de toutes les couleurs. là où il y a des espaces vides sur les étagères, elle a dit.
je me suis appliquée à les mettre bien droits et alignés

comme les autres. puis je me suis tournée vers madame. je fais quoi maintenant?
   seigneur, est-ce que tu comptes t'agiter ainsi tout le temps?
   c'est que j'ai pas coutume à rien faire.
   alors nous trouverons à t'occuper. quelle heure est-il?
   j'en sais rien.
   la pendule est juste là.
   je ne sais pas lire l'heure madame.
   on ne t'a jamais appris?
   on en a guère l'usage à la ferme.
   mais comment faites-vous pour connaître l'heure?
   on se lève quand il fait jour et on se couche quand il fait nuit. les animaux ils ont pas de pendule. ça les empêche de rien que je sache.
   soit. et quand mangez-vous?
   quand nos ventres gargouillent si fort qu'on n'a plus le choix. ou si la mère crie à la soupe!
   madame a éclaté de rire.
   vous vous moquez encore?
   non. j'aime ta manière de parler.
   vous m'en voyez bien contente parce que je suis pas prête d'en changer.
   je dois reconnaître que tu ne me fais pas l'effet d'une fille disposée à changer aussi facilement.
   je suppose que c'est pas plus mal si vous avez déjà compris ça.
   j'ai soulevé le plateau. il y avait une théière et une tasse dessus.
   je crois que sa place est à la cuisine.
   merci. j'espère sincèrement que tu te plairas ici, mary.
   je survivrai.
   quel âge as-tu?

quatorze ans. presque quinze.
ah oui ? c'est bientôt ton anniversaire ?
à la fin de l'été. la mère travaillait aux champs et elle transpirait. c'était au moment de l'orge.
alors vous faites comme cela pour vous rappeler la date ?
je connais pas d'autre façon. bon, j'emporte le plateau.
oui. vas-y.
je suis sortie dans le couloir. je voulais retourner à la cuisine mais je me suis trompée de porte et je suis entrée dans une autre pièce. il y avait du bois sur les murs et une grande table couverte de cuir. le révérend graham était assis derrière. il avait une plume à la main et il fumait sa pipe.
bonjour mary. serais-tu perdue ?
je crois bien.
la cuisine est par là. la porte après l'escalier. à droite.
d'accord.
j'allais partir mais j'ai changé d'avis.
révérend ?
oui ?
est-ce que vous allez me donner à manger ou est-ce que je dois me débrouiller ?
il a ri. bien sûr qu'on va te nourrir. on t'offre le gîte et le couvert ici.
j'ai fait les yeux ronds.
le gîte et le couvert, autrement dit un lit et tous les repas.
vous allez pas m'obliger à m'asseoir à cette grande table à côté ?
non. tu mangeras à la cuisine avec edna. et souviens-toi, la cuisine se trouve après l'escalier. la dernière porte.
à droite.
oui, à droite.

ce même jour j'ai croisé quelqu'un dans le couloir dallé.
hé, mais qui voilà ?
moi.
il a ri. je sais bien que c'est toi.
moi aussi je sais qui vous êtes, j'ai répondu.
on m'avait dit qu'une des filles de la ferme venait travailler ici, mais j'ignorais laquelle.
ben maintenant vous êtes au courant.
j'ai voulu continuer mais il m'a retenue par le bras.
pas si vite.
j'ai à faire.
non.
je lui ai montré l'escalier.
vous avez vu ? c'est quoi là-haut ?
il a levé la tête et j'en ai profité pour passer sous son bras. j'ai couru à la cuisine et j'ai ralenti seulement en arrivant à la porte.
edna, je peux faire quelque chose ? j'ai demandé.
ralph est arrivé derrière moi mais j'étais déjà en train d'aider edna à couvrir les tourtes de pâte.

la soirée était douce. j'ai sorti par la porte de service pour en profiter un peu. je ne peux pas dire que j'étais heureuse car je pensais à la ferme et à hier quand on travaillait toutes ensemble dans la cour. mais je suis pas fille à me morfondre longtemps. je me suis levée et je suis allée au fond du jardin. j'ai vu une cage avec des fruits dedans. j'ai pris une fraise. il y avait aussi des légumes tous en rangs, des haricots, des petits pois et une fourche plantée dans le sol. et une remise avec des pots et des bacs de terre et une maison de verre pleine d'autres plantes.

je me suis assise dans l'herbe. elle n'était pas froide.

les oiseaux nichaient dans les arbres.
j'étais fatiguée car je n'avais pas beaucoup dormi hier à la ferme.
petit à petit la nuit tombait.
je me suis levée et je suis allée chercher une bougie à la cuisine, puis j'ai pris le couloir dallé et l'escalier jusqu'à la mansarde.
une toile blanche était tendue devant la fenêtre. j'ai posé ma bougie sur la caisse à côté du lit, j'ai enlevé ma jupe et je me suis couchée. mais ça me faisait tout vide.
j'aurais jamais pensé dire ça un jour mais beatrice me manquait.
même si elle dormait avec sa bible.
j'avais jamais eu un lit pour moi toute seule.
il était si petit et dur que j'avais peur de tomber par terre chaque fois que je me retournais.
alors j'ai plus bougé.
quand edna est arrivée elle a posé sa bougie à côté de la mienne.
maintenant il y avait deux flammes et les ombres dédoublaient tout. elle n'a rien dit. elle s'est tournée et elle a enlevé ses jupes et tous ses autres vêtements. elle avait plus que sa peau. elle était large comme une pomme. elle a enfilé une longue robe blanche et elle s'est couchée.
elle a attendu un peu puis elle s'est penchée pour souffler sa bougie et ensuite la mienne. il faisait noir. et le lit était froid même si c'était l'été.
quand j'ai entendu sa respiration plus lente et profonde j'ai su qu'elle dormait.
j'ai essayé moi aussi mais ma tête ne voulait pas. je suis restée allongée les yeux ouverts un moment.
alors je me suis levée et j'ai soulevé le drap blanc devant la fenêtre.

il n'y avait qu'un mince croissant de lune.
je me suis recouchée. j'ai posé mes mains sur ma poitrine puis j'ai pensé au cimetière voisin avec les morts enterrés dans cette même position.
quand on est dans la tombe la terre vous remplit le nez et la bouche.
je me suis redressée.
je n'ai pas fait de bruit et elle ne s'est pas réveillée.
j'ai sorti de la chambre, j'ai descendu un escalier puis l'autre. les dalles du couloir étaient froides sous mes pieds nus. je suis passée devant la cuisine et je suis allée dans le jardin. j'ai fait le tour de la maison, j'ai ouvert le portail et je suis entrée dans le cimetière.
où vas-tu comme ça? a dit une voix dans l'obscurité.
j'ai sursauté.
c'est moi, a ajouté la voix.
je sais qui c'est mais vous ne devriez pas faire ça. y a de quoi faire mourir une fille de peur.
personne ne t'obligeait à venir ici en pleine nuit, a répondu ralph. moi j'étais assis là et je ne demandais rien à personne.
qu'est-ce que vous faites au cimetière?
je cherche un peu de compagnie.
très drôle.
et toi qu'est-ce que tu fais debout à une heure pareille? la ferme te manque?
non.
c'est la première fois que tu quittes tes parents?
j'ai jamais été autre part.
tu essayais de t'enfuir? tu voulais rentrer chez toi en pleine nuit?
j'oserais pas. le père, il m'arracherait les tripes et il les découperait en morceaux s'il me voyait à la maison.

je veux bien le croire. et comment est-ce qu'ils vont se débrouiller sans toi à la ferme?
comme quand j'étais pas née.
il a ri. toi, tu as la langue bien pendue.
mais non, elle est normale.
j'ai tiré la langue pour lui montrer et ça l'a encore plus amusé. vous arrêtez pas de rire de moi.
c'est parce que tu es drôle. alors, que fais-tu dehors?
je n'arrive pas à dormir.
il a bâillé et il m'a examinée. tu serais plutôt jolie sans ta jambe estropiée.
je vous défends de me regarder. je sais comment vous êtes.
j'ai du charme et de l'esprit.
vous courez les filles.
les filles? moi? ce n'est pas mon genre.
je vous ai vu. une nuit à la ferme. avec violette.
il a trouvé cela très drôle et il a dit : tu te trompes.
si, je vous ai vu. dans la grange avec elle.
il a secoué la tête. pourquoi est-ce que je ferais une chose pareille? qui aurait cru qu'une petite paysanne aurait autant d'imagination.
j'imagine rien du tout.
ralph s'est levé de la tombe.
allons bon. comme ça tu te figures vraiment que j'irais faire la cour à une simple paysanne pour l'épouser? parce que je compte passer ma vie dans les champs à élever des vaches et à labourer? quelle idée extraordinaire.
j'ai vu ce que j'ai vu.
et je sais ce que je fais. maintenant retourne te coucher. tu as besoin de te reposer. tu as du travail qui t'attend demain.
puis il est parti.

il faisait noir dans le petit lit.
mes pieds étaient glacés car j'étais sortie sans chaussures.
j'ai essayé de dormir mais le sommeil ne venait toujours pas.
la nuit refusait de me laisser en paix.
j'ai pensé à beatrice et je m'ai demandé si elle avait froid toute seule.
j'avais l'impression que mon nouveau lit était aussi grand que les trois arpents.

le lendemain matin je me suis réveillée la première dès que les oiseaux ont chanté et que le soleil est paru. j'ai enfilé ma jupe et je suis descendue à la cuisine. j'ai allumé le feu, puis j'ai balayé et j'ai commencé à faire le pain. j'ai mélangé la pâte et je l'ai pétrie, puis je l'ai laissée lever. j'ai été chercher des pommes de terre dans l'arrière-cuisine, je les ai pelées et je les ai mises dans une casserole d'eau, j'ai fait chauffer la bouilloire, j'ai réparti la pâte dans les moules et j'ai couvert pour que ça lève encore avant que d'aller au four.

j'avais fait tout ça quand edna a descendu. elle s'est arrêtée sur le seuil et elle a regardé.

j'ai pris la bouilloire avec un torchon et je l'ai portée jusqu'au bureau. j'ai versé l'eau dans la cuvette à raser et j'ai retourné à la cuisine. edna n'avait pas bougé.

t'as pas encore nettoyé la cheminée dans le boudoir, elle a dit.

je voulais m'occuper du pain d'abord. et de l'eau, parce que j'ai entendu le pasteur marcher à l'étage. la cheminée après.

c'est moi qui me charge du pain.

peut-être ben, mais ce matin c'est moi qui l'ai fait. j'avais le temps et aucune raison de bayer aux corneilles.

edna m'a claquée si vite et si fort que je suis restée une minute sans comprendre ce qui m'arrivait. je croyais presque que je m'étais cognée contre un mur sauf que c'était impossible puisque je n'avais pas bougé.

    c'est moi qui te dis ce que tu dois faire.

    j'ai hoché la tête.

    va allumer le feu à côté et je te suis pour voir si tu grattes la grille comme il faut.

    j'ai été dans la pièce blanche et je me suis agenouillée devant la cheminée pour la nettoyer.

    j'étais à la table de la cuisine. j'avais du pain et du fromage devant moi dans une assiette en bois. edna était assise à côté mais comme on n'était pas d'humeur à jaser et à se faire des grâces on ne disait rien.

    on entendait que le tic-tac de l'horloge.

    j'ai mangé mon content et après je lui ai demandé ce que je devais faire.

    tu dois aller t'occuper du lit de madame. il faut le changer.

    pourquoi ? ce lit lui convient point ?

    qu'est-ce que tu racontes ? il s'agit seulement de mettre des draps propres.

    c'est quoi des draps ?

    edna a fait les gros yeux et elle a demandé mais qu'est-ce que vous mettez sur vos lits à la ferme ?

    des couvertures. et des manteaux s'il fait froid.

    c'est à croire que tu as grandi dans une étable.

    non. j'habitais dans une maison.

    edna a éclaté de rire. tu peux appeler ça comme tu veux, mais moi je pense que tu as été élevée dans une porcherie et que tes parents étaient des porcs.

    peut-être que vous travaillez ici depuis longtemps et que les maîtres vous ont dit que vous pouviez me donner des

ordres et des claques mais vous avez pas à me causer comme ça et j'ai pas à vous écouter.
je suis sortie de la cuisine et je suis allée trouver le révérend graham dans sa pièce en bois. j'ai frappé et je suis entrée. il était assis à sa table avec une plume à la main et il était penché sur son papier.
j'ai fait pardon.
il a levé la tête. ce n'est pas grave, mary. j'écrivais simplement mon sermon pour dimanche. que puis-je pour toi ?
je dois vous parler monsieur le pasteur parce que j'en ai assez et je veux rentrer chez moi. je me plais pas ici. ça m'a jamais plu et de toute façon j'ai jamais souhaité quitter la ferme. je suis là seulement à cause que le père il a été payé pour ça.
tu as terminé ?
non. oui.
il a souri. au moins tu n'as pas peur de dire ce que tu penses.
si c'est ce que je pense je vois pas pourquoi je le dirais pas.
tu as sans doute raison. même si le reste du monde n'a pas une vision des choses aussi simple. pourquoi est-ce que tu ne t'assois pas ?
j'ai secoué la tête.
j'ai pas envie.
très bien. alors, raconte-moi, qu'est-ce qui ne va pas au juste ? j'ai promis à ton père que je m'occuperai de toi et s'il y a un problème tu dois me le dire.
on a frappé. edna a passé sa tête par l'ouverture de la porte.
je m'excuse, révérend. mary, tu n'es pas censée venir embêter le révérend pour un oui ou pour un nom. il a beaucoup de travail.
il a pas tant de travail que ça puisqu'il était assis.

mary, a grondé edna.
le pasteur a souri. ne t'inquiète pas edna. elle ne m'embête pas. laisse-nous.
elle a de l'ouvrage et vous aussi.
je t'ai dit que tu pouvais nous laisser. merci, edna.
elle est sortie et elle a refermé la porte.
mary, je sais que tout cela est très nouveau pour toi, mais tu devrais attendre un peu, tu finiras par t'y habituer.
jamais.
mary, mon épouse t'apprécie. c'est ce qui compte.
mais ça compte pas pour moi.
ça l'a fait rire. qu'est-ce qu'on va faire de toi?
laissez-moi rentrer chez moi.
c'est impossible. il faut que je sorte après le petit déjeuner. je te demande de bien t'occuper de ma femme aujourd'hui. essaie de la convaincre de manger quelque chose. elle n'a guère d'appétit. oh, et puis…
oui?
je dirai à edna de te trouver d'autres habits.
je suis très bien comme ça.
ce sont tes seules affaires, je crois?
j'ai qu'un corps pour les porter.
oui, mais tu pourrais les laver de temps en temps. le chemin vers la pureté de l'âme passe par la pureté du corps. tu es la servante de dieu comme je suis son serviteur et je dois me dépêcher car je n'aime pas être en retard.
où c'est que vous allez?
il a souri. j'ignorais que je devais te rendre compte de tous mes mouvements. je vais rendre visite à l'un de mes paroissiens, si tu tiens à le savoir. satisfaite?
non.
alors, fais un effort. et souviens-toi, occupe-toi bien de mon épouse.

j'ai préparé la pièce blanche pour madame. j'ai fait du feu, j'ai arrangé les coussins et j'ai ouvert une fenêtre pour aérer comme edna m'avait montré.

après je suis retournée à la cuisine mais j'ai veillé à rester à bonne distance d'edna. elle m'a donné un broc d'eau chaude et m'a dit de monter voir madame car elle m'avait réclamée moi et personne d'autre.

j'ai frappé à la porte et elle m'a dit d'entrer alors j'ai obéi.

j'ai posé le broc et je suis allée à la fenêtre. j'ai tiré le tissu rouge et j'ai ouvert pour profiter de l'air et du chant des oiseaux.

c'est une belle journée madame. le soleil brille et je vous ai préparé la pièce en bas si vous avez envie de vous allonger sur votre chose bleue où qu'on peut s'allonger.

merci mary.

et je vous ai apporté de l'eau si vous voulez vous laver la figure.

je vois cela.

alors vous vous levez?

je vais avoir besoin de toi.

je l'ai aidée. je l'ai aidée aussi pour sa toilette puis à s'habiller.

elle a reposé la tête sur ses coussins blancs. elle était aussi pâle qu'eux. je me suis approchée de la fenêtre et j'ai regardé dehors. je voyais la colline et j'ai pensé à la ferme de l'autre côté, à la fois où nous étions toutes allongées au sommet et qu'on parlait de nos rêves. comment qu'on aurait pu deviner que je me retrouverais un jour dans cette maison à faire ça? en tout cas je me souvenais pas avoir fait un vœu pareil.

en bas, j'ai veillé à bien installer madame. il faisait chaud dehors, mais le soleil n'était pas encore passé de ce côté de la maison, alors j'ai allumé du feu et j'ai refermé les fenêtres.

madame m'observait mais elle ne disait rien. elle avait la tête posée sur l'oreiller et les bras le long du corps. ils étaient comme de la porcelaine ou une pipe en terre. j'allais sortir parce que j'avais terminé mais elle m'a rappelée.

mary, reste un peu avec moi.

mais il faut bien que j'aide edna.

dis à edna que j'ai besoin de toi.

bien madame. mais d'abord je vais vous chercher à manger.

je n'ai pas faim. assieds-toi ici. elle m'a montré une chaise.

je n'aime pas m'asseoir pendant la journée madame. il y a trop de vie dans mes jambes.

tu n'es donc jamais fatiguée?

si mais dans ce cas je dors.

tout a l'air simple avec toi.

parce que ça l'est.

si seulement tu avais raison. mon mari est-il sorti?

oui. et il a dit que je devais bien m'occuper de vous et vous faire manger parce que vous n'aviez pas d'appétit.

alors va me chercher à manger. et profites-en pour prévenir edna que je veux que tu restes avec moi.

je suis allée trouver edna et je lui ai fait la commission. ensuite elle a sorti ramasser des fruits au jardin pour son pudding tandis que je préparais le petit déjeuner de madame. j'ai pris du pain et j'ai coupé des petits morceaux de fromage. j'ai mis l'assiette sur un plateau avec une théière. je suis retournée à la pièce blanche et je l'ai posé sur la table à côté d'elle.

j'ai dit voilà votre repas.

elle a regardé l'assiette. du pain et du fromage?

oui.
c'est ce qu'on mange à la ferme?
on n'a pas de fromage au petit déjeuner. seulement du pain et du thé.
elle a fait oh et elle a souri. ce n'est pas ce que je prends d'habitude.
je savais pas.
ce n'est pas grave. je le mangerai. tu l'as préparé alors je le mangerai.
dans ce cas allez-y.
mais pas maintenant. je n'ai pas faim. parle-moi, mary. tu me distrais. raconte-moi la vie à la ferme.
je parlerai après que vous avez mangé.
je t'ai dit que je n'avais pas faim.
eh ben moi je suis pas pressée de causer.
j'ai croisé les bras et j'ai attendu. au bout d'un moment elle a souri.
si je mange tu me parleras?
j'ai hoché la tête.
elle a pris un petit bout de pain. je me suis approchée un peu. encore, je lui ai dit. elle s'est resservie. quand j'ai vu qu'elle avait mangé la moitié du pain et une bonne partie du fromage je suis venue tout près.
assieds-toi.
je me suis assise. mais tout au bord de la chaise parce que je n'ai pas coutume de me reposer comme ça en pleine journée.
les fermes sont toutes pareilles, je lui ai dit. je sais pas ce qu'on peut raconter. on a une maison et des bâtiments pour les animaux. il y a de la boue et l'été il faut faire la récolte et la mettre à sécher au soleil.
tu as des sœurs, n'est-ce pas?
trois.

et aucun frère?

le père il aurait bien voulu mais qu'est-ce qui peut y faire? il répète toujours qu'il est bien emprunté avec nous vu qu'aucune de nous peut abattre l'ouvrage d'un homme et qu'aucune a le bon sens d'un homme.

madame a ri.

est-ce que tu parles beaucoup dans ta famille?

trop, c'est ce qu'ils disent chez moi. la mère elle prétend même que je suis née en parlant.

comment est-elle? tu lui ressembles?

elle arrête jamais. elle fait du pain. de la crème. du fromage pour le vendre. elle est trop occupée pour jacasser. elle est d'accord que je l'aide si je bavarde pas trop, mais comme je peux pas me taire, il faut bien qu'elle me supporte. mais je suis pas la seule vu que le père de mon père il vit avec nous et que c'est un causeur. il paraît que je tiens de lui.

comment est il?

on n'a pas à s'en plaindre. il dort en bas à cause de ses jambes. je vais souvent le voir pour lui tenir compagnie parce qu'il se sent un peu seul.

tu l'aimes bien, cela s'entend.

ma voix, elle cache rien madame. au moins on sait à quoi s'en tenir avec moi. je crois que je serais incapable de mentir même si on me l'ordonnait.

c'est une qualité.

ça dépend si les gens ont envie d'entendre ce que j'ai à dire.

en effet.

des fois ça me cause des embêtements d'être comme je suis.

ah oui?

oui. et vous, vous pouvez mentir?

j'ai attendu mais elle n'a pas répondu. j'allais poursuivre

mais elle ne bougeait plus. sa peau était blanche et ses yeux comme du verre. je lui ai demandé vous êtes pas bien?
   j'ai un peu chaud. est-ce que tu peux ouvrir?
   j'ai ouvert les grandes portes-fenêtres qui donnaient sur le jardin. l'air frais est entré. je suis restée un peu pour regarder l'herbe et la table dehors et aussi pour écouter les oiseaux chanter.
   je savais l'heure qu'il était même si j'avais jamais lu de pendule de ma vie. la traite était finie et ils devaient être à l'intérieur. le grand-père prenait son petit déjeuner. s'ils avaient pensé à aller le chercher dans la réserve aux pommes.
   mary?
   oui?
   peux-tu me coiffer? seulement, il faut faire très attention, j'ai le cuir chevelu sensible.
   je me suis placée derrière elle.
   ça va comme ça?
   c'est parfait.
   j'ai cru qu'elle s'était endormie mais elle a parlé. continue. c'est très bien.
   j'ai posé la brosse sur la table et j'ai dit je continuerai seulement si vous mangez encore un peu.
   madame a souri. d'accord. juste un peu, dans ce cas.
   elle a pris un morceau de fromage et l'a examiné puis elle l'a mis dans sa bouche et l'a avalé. alors, tu es contente?
   presque.
   elle a ri. est-ce que toutes les petites paysannes sont aussi rusées que toi?
   je ne vois pas ce que vous voulez dire madame.

   c'était l'heure de préparer le repas et edna m'a envoyée chercher des légumes. le jardinier s'est arrêté de travailler et il m'a regardée approcher.

vous êtes harry?
il a hoché la tête.
edna voudrait des pommes de terre et des haricots.
il me dévisageait toujours sans parler.
vous êtes sourd?
il m'a tourné le dos et il est allé prendre une bêche. il l'a plantée dans la terre, il l'a retournée et les pommes de terre sont sorties. je me suis baissée pour les ramasser.
je lui ai dit elles sont précoces. et vos haricots aussi.
lui ne répondait toujours pas.
vous vous occupez du cheval et du jardin? edna raconte que vous faites tout ici.
j'ai ramassé la dernière pomme de terre et je me suis relevée.
je suis bien aise d'être sortie. c'est agréable de causer avec vous.
puis je suis allée cueillir les haricots. je cherchais les plus gros. il m'a donné un panier et je me suis mise à l'ouvrage.
les ramasse pas tous, il a dit soudain.
j'en avais point l'intention.
les premiers sont pour le pasteur et sa femme.
ça pour une surprise c'est une surprise. moi qui croyais que les premiers ils étaient rien que pour moi. je pensais que vous les aviez semer exprès parce qu'on vous avait prévenu que je venais.

le soir je suis montée à la mansarde et je me suis couchée. edna est arrivée un peu après.
elle s'est mise au lit mais elle a pas soufflé la bougie tout de suite. elle est restée allongée un moment puis elle s'est relevée. elle a tiré une boîte cachée sous son lit. elle l'a posée sur le matelas et elle m'a appelée. viens voir. viens voir ce que j'ai là.

elle a soulevé le couvercle. sur le dessus il y avait une couverture. elle l'a mise sur la chaise puis elle a sorti les pièces d'étoffe rangées en dessous. une par une. elle les a dépliées devant moi. elle a dit c'est moi qu'ai fait ça et elle m'en a tendu une.

j'ai demandé c'est quoi?

des linceuls. c'est avec ça qu'on enveloppe les corps avant de les enterrer.

elle m'en a montré un autre. ils étaient tous brodés de petites croix. chaque point était parfait.

celui-ci il est pour moi. celui-ci il est pour mon mari sauf que j'en ai pas. et celui-là il est pour mon enfant s'il meurt.

il avait la taille d'un bébé. elle les a étalés tous les trois sur le lit.

j'en avais un autre, un petit. mais il a servi.

enfin elle a sorti un bout de papier plié. elle l'a ouvert et dedans il y avait une mèche de cheveux. une boucle. quand elle l'a approchée de la flamme j'ai vu qu'elle était blonde.

j'ai eu un bébé. mais j'ai dû accoucher seule et il est né avec le cordon enroulé autour du cou. il n'a jamais respiré.

elle a replié le papier et l'a rangé dans la boîte.

après sa mort on m'a envoyée au presbytère. et j'y suis depuis.

où c'était que vous habitiez avant?

par là-bas. à cinq ou six kilomètres. je les vois jamais.

vous avez quel âge?

trente-deux ans.

ça fait un sacré bout de temps.

elle a répondu que oui. puis elle a replié les linceuls, elle les a rangés avec la couverture par-dessus, elle a refermé la boîte et elle l'a remise à sa place sous le lit.

puis elle a dit j'ai froid ici. et je suis seule.

et elle a tendu la main pour toucher mon bras. elle l'a laissée là un moment avant que de l'enlever.
je ne voulais pas te frapper.
y a pas de mal.
j'avais peur que t'essaies de m'apprendre mon travail.
c'est pas grave.
si. je devrais être heureuse d'avoir de la compagnie.
elle s'est recouchée dans son lit et moi dans le mien. je ne disais rien et elle non plus, puis je l'ai entendue qui pleurait alors j'ai mis l'oreiller par-dessus ma tête.

edna m'a envoyée prévenir le pasteur qu'il y avait une femme qui le réclamait à la porte. je suis allée le trouver dans la salle à manger. il terminait son petit déjeuner. il était attablé dans son costume de laine marron. il avait un carnet où il écrivait et dessinait.
je lui ai demandé c'est quoi que vous dessinez?
des oiseaux tout simplement.
oh.
j'aime observer les oiseaux. voir comment ils nichent, écouter leur chant.
pour quoi faire?
parce que je les trouve intéressants.
oh.
il a posé son couteau et sa fourchette sur son assiette.
vous avez mangé autant que notre cochon le matin.
il a souri. mary, permets-moi de te donner un conseil. ne compare pas ton employeur à un cochon.
oh. je voulais pas être malpolie. nous aimons beaucoup notre cochon.
ce n'est pas une raison. ton employeur est censé se situer au-dessus du cochon dans la hiérarchie des êtres vivants.
il s'est essuyé la bouche avec une serviette.

les humains et les animaux sont très différents.
pas tant que ça. y a des choses qu'ils font pareil.
il a levé la main. c'est bon. je pense que cette conversation a assez duré.
oui. mais c'est pas tout, révérend.
je t'écoute ?
je viens de me rappeler pourquoi je suis ici. edna m'envoie vous prévenir qu'il y a une femme qui est là pour vous voir.
il y a toujours quelqu'un qui veut me voir. dis à edna de la faire entrer dans mon bureau.
c'est ce qu'elle a fait. la femme y est.
eh bien elle m'attendra.
il m'a regardée débarrasser les assiettes et les couteaux sales et les mettre sur un plateau pour les porter à la cuisine.
tu n'as pas l'air si malheureuse.
ah oui mais vous avez pas dit non plus que j'avais l'air heureuse.
peut-être. en tout cas tu te débrouilles très bien. Ma femme mange et elle a plus d'entrain. edna semble s'être habituée à toi et affirme que tu l'aides beaucoup. ce qui signifie que j'ai l'esprit libre pour me consacrer à l'église et à mes ouailles.
il s'est frotté le menton et il a refermé son carnet.
est-ce que nous pouvons faire quoi que ce soit pour que tu sois plus heureuse ?
non.
il doit bien y avoir quelque chose. n'aie pas peur de demander.
j'ai pas peur.
mais il n'y a vraiment rien dont tu as besoin ?
j'ai à manger et à boire. j'ai un lit et des vêtements propres.
j'imagine cependant que tu aimerais voir ta famille ?
pourquoi vous posez des questions où vous savez les réponses ?

ça l'a amusé. tu as la repartie bien affûtée.
c'est les couteaux qui sont affûtés.
si on les aiguisait avec ta langue ils le seraient certainement. je vois que ma femme apprécie ta compagnie. nous avons discuté et nous avons décidé que tu devrais prendre ta matinée. va donc à la ferme. ça te fera du bien.
je peux rentrer chez moi?
j'étais déjà en train d'arracher mon tablier.
doucement. d'abord finis de débarrasser. et c'est seulement pour la matinée. il faut que tu sois de retour après déjeuner.
promis.
dis à edna d'apporter du thé à la femme qui attend dans mon bureau. et donne le bonjour à ton père.
promis.

j'ai une crampe à la main alors je dois faire une pause.
je regarde par la fenêtre.
il pleut. l'eau coule sur la vitre. il y a de la brume et je ne vois pas le bout du champ.
je dois m'arrêter pour sécher l'encre sur la page avec le buvard.
je secoue mon poignet parce que ça fait mal quand j'écris trop vite.
mes cheveux ont la couleur du lait.
je m'appelle mary.
m. a. r. y.

le soleil était chaud quand j'ai gravi la colline. la cour de la ferme était déserte. j'ai entré par la souillarde où qu'on range les seaux de lait, les barattes et les mottes de beurre. la cuisine était vide. je suis allée dans la pièce au grand-père mais je n'ai vu personne non plus.

j'ai ouvert la porte de la réserve aux pommes. il y avait des piles de cageots et entre les piles il y avait le lit et sur le lit il était là.
il avait dû m'entendre parce qu'il souriait. il a dit allons bon. je m'attendais pas à te voir aujourd'hui.
bonjour grand-père.
qu'est-ce tu fais donc à la ferme ?
ils m'ont donné ma matinée pour venir vous rendre visite.
je me suis assise sur un cageot à côté de lui. il était tout maigre avec les joues creuses. on aurait dit un vieux rutabaga.
pourquoi que t'es encore au lit à cette heure ?
ils ont été aux dix arpents. ils sont tous là-bas.
mais pourquoi que t'es pas levé ?
ils ont pas eu le temps. trop de travail.
ils auraient quand même pu s'occuper de toi avant.
fais pas des histoires.
je fais pas des histoires. allez, debout.
j'ai mis mes mains sous ses bras et je l'ai aidé à se lever. je l'ai conduit à l'autre pièce et je l'ai assis sur sa chaise.
t'as bien besoin de te laver.
je me suis lavé hier.
hier ? tu veux dire l'an passé. tu pues.
j'ai pris de l'eau chaude dans la bouilloire et je l'ai frotté avec une patte, puis j'ai sorti son caleçon de rechange, son pantalon et sa chemise.
t'as mangé ?
hier.
hier ça fait loin pour ton estomac.
j'ai été lui chercher du pain et des rognures de pommes. puis je lui ai préparé du thé.
je me suis assise en face de lui et je l'ai regardé manger. il trempait le pain dans le thé et il suçait la croûte.

alors tu vas me raconter comment que c'est là-bas ? ils te traitent bien au moins ?
je m'en fiche.
tu t'en ficherais point s'ils te traitaient mal.
peut-être ben.
alors ? comment que c'est ?
j'en sais trop rien. c'est pas comme ici, pour sûr. ils font un tas de manières pour tout et n'importe quoi.
c'est comme ça chez ces gens-là.
je me suis levée et je me suis approchée de la fenêtre. j'ai regardé notre champ.
où qu'elle est la vache ?
là dehors.
je la vois pas.
mary ?
quoi ?
faut pas croire que tout a changé parce que t'es partie.
je l'ai regardé et j'ai dit je veux rentrer à la maison.
qu'est-ce qui te manque ? y a rien ici.
si.
quoi ?
toi.
foutredieu que t'es sensible.
je sais. je fais pas exprès.
je me suis tournée vers la fenêtre.
le père, il est dehors ?
oui.
donc il est toujours vivant.
eh oui.
dommage.
le grand-père a éclaté de rire. qu'est-ce que tu peux être rosse quand tu t'y mets.

ils étaient tous là. le père. la mère. violette. beatrice. hope. je les ai aperçus au fond des dix arpents. j'ai fait le tour pour rien écraser. ils travaillaient en ligne mais j'avais pas l'impression qu'ils avaient des houes. en m'approchant je me suis rendu compte qu'ils creusaient le long de la haie d'épines noires entre les dix et les cinq arpents.
 quand le père m'a reconnue, il s'est arrêté.
 qu'est-ce t'as encore fait comme bêtise?
 rien de mal. le pasteur il m'a dit que je pouvais rentrer à la ferme ce matin.
 pour quoi faire?
 pour vous voir.
 violette me regardait avec des grands yeux. elle a crié ça alors, on dirait que c'est pas toi.
 si c'est moi.
 ta robe, elle est neuve? a demandé beatrice.
 j'ai hoché la tête.
 et pourquoi que t'as les cheveux comme ça?
 j'ai touché ma tête. c'est pour travailler.
 et ces nouvelles chaussures aussi?
 oui.
 j'ai jamais rien eu de pareil.
 tu vas bien? a fait la mère.
 le père s'est énervé. bien sûr qu'elle va bien. tu ménages pas ta peine au moins?
 oui. ils ont l'air contents.
 ça vaut mieux pour toi.
 c'est pas juste, a dit hope. vous avez vu ses chaussures neuves?
 le père l'a claquée et elle a crié.
 remets-toi au travail. on n'a pas le temps de bayer aux corneilles.

hope a repris sa pelle.
qu'est-ce que vous faites là ? j'ai demandé.
on arrache la haie, a dit la mère.
pourquoi ?
on aura plus de place pour semer, a répondu le père. et plus de semailles, ça veut dire plus d'argent. je vais acheter une machine cette année. une batteuse.
je croyais que t'aimais pas ça.
c'est vrai.
alors pourquoi que tu le fais ?
parce que ça va plus vite. encore plus que si vous étiez des hommes. et plus vite, ça veut dire plus d'argent.
peut-être mais d'ici à ce que vous soyez riches, faudrait voir à sortir le grand-père de son lit.
personne n'a réagi. on attendait que le père explose.
alors comme ça t'es rentrée pour nous apprendre à vivre ? sa voix était aussi dure que la pelle qu'il tenait.
c'est pas ce qu'elle voulait dire, a fait la mère.
je suis pas idiot.
de toute manière beatrice lui a porté son thé avant de partir.
ah non moi j'ai rien fait.
qui c'est qui s'en est occupé dans ce cas ?
moi. je lui ai porté du thé et du pain. je l'ai lavé, je l'ai changé. vous l'aviez pas levé.
le père m'a flanqué une calotte. je l'ai reçue sur la tempe.
assez. continue comme ça et tu remets plus les pieds ici.

dans ma chambre rien n'avait bougé. la bible était par terre du côté de beatrice et il y avait la couverture devant la fenêtre.
je me suis allongée sur le lit et j'ai senti qu'il avait gardé ma forme.

c'était comme si j'étais jamais partie.
comme si rien s'était passé.

je suis allée dans notre champ et j'ai trouvé notre vache cachée près de la haie. je l'ai caressée et je suis retournée chercher le seau et le tabouret. je me suis appuyée de tout mon poids contre son flanc, je l'ai reniflée et j'ai commencé à la traire. violette est venue me voir.
   elle a montré le seau. on lui a déjà tiré le lait ce matin.
   je sais. je sais que c'est pas l'heure.
   alors pourquoi que tu le fais ?
   pour rien.
   je m'étais arrêtée et la vache s'est éloignée.
   au bout d'un moment elle a dit tu croises ralph là-bas ? au presbytère.
   ben oui. il y habite. pourquoi ?
   juste comme ça.
   tu veux que je lui fasse une commission ?
   pourquoi que je voudrais une chose pareille ? bien sûr que non. c'est idiot.
   elle a donné un coup de pied dans le seau. le fond de lait a coulé dans l'herbe et la terre l'a avalé.
   elle m'a laissée.
   je suis restée encore un peu mais le soleil était haut et mon ventre gargouillait alors j'ai su qu'il était temps de rentrer. je suis allée trouver le grand-père pour lui annoncer que je partais.
   reviens quand tu peux.
   promis.
   j'espère qu'ils s'occupent bien de toi. dis-leur qu'ils auront affaire à moi autrement. un vieux débris qui peut pas marcher. il a ri tout seul et il a ajouté allez, vas-y.
   j'ai salué la mère et les sœurs qu'étaient rentrées déjeuner.

elles étaient assises à l'ombre sur le perron de la souillarde et elles mangeaient du pain et du fromage. j'ai traversé la cour et j'ai repris le chemin. je sentais qu'elles me regardaient puis le sentier a tourné et on ne me voyait plus.

je cirais les meubles de la salle à manger quand ralph est apparu sur le seuil.
qu'est-ce que vous voulez?
tu es la bonne et j'habite ici. tu crois vraiment que je dois me justifier?
je sais que vous voulez quelque chose. les gens ils veulent toujours quelque chose.
ah oui? il est entré dans la pièce et il s'est appuyé contre le buffet. il a dit tes chaussures sont crottées. elles étaient neuves.
c'est ça qui arrive aux chaussures.
tout allait bien chez toi?
la ferme est toujours là.
comment se débrouillent-ils sans toi? est-ce que les vaches sont toutes mortes? est-ce que les récoltes se sont desséchées sur pied et que le lait a tourné?
non.
est-ce que ta famille était heureuse de te voir?
c'est quoi que vous voulez?
tu étais en retard. on ne parlait que de ça au déjeuner.
je m'en moque.
tu as l'esprit rebelle.
ah bon.
qu'est-ce que tu as fait là-bas?
des choses de la ferme.
quel plaisir de t'écouter. quel luxe de détails.
j'ai ouvert la boîte de cire.
j'ai un message pour vous, je lui ai dit.

pour moi?
oui. de violette. elle vous donne le bonjour.
voilà qui est étonnant. pourquoi ferait-elle une chose pareille?
j'en sais rien. mais si vous réfléchissez bien, je suis sûre que vous trouverez une raison.
très amusant.
lui regardait, moi j'étalais la cire sur la table et je frottais.
parle-moi, fille de ferme.
il paraît que je suis plus une fille de ferme.
tu es une fille de maison.
ah. c'est ce que je suis maintenant?
oui. tu ne t'es pas vue?
je suis pas différente. mes habits y changent rien. mes cheveux non plus. j'ai pas changé et je changerai pas.
pas de grands airs ni de belles manières? on ne déteint pas sur toi?
non.
je l'ai poussé parce que je voulais cirer le buffet où qu'il s'était appuyé.
vous vous êtes occupé de votre mère pendant que j'étais à la ferme? elle a mangé?
je n'en ai aucune idée.
ça vous intéresse donc pas?
non.
c'est pas gentil.
tu n'as aucune idée de ce que c'est. cela fait des années que j'entends cette rengaine. il n'y en a que pour sa maladie.
c'est sans doute parce qu'elle est malade.
elle ne saurait pas de quoi parler si elle était en bonne santé.
elle est très pâle.
pas étonnant. Cela fait dix ans qu'elle n'a pas mis le nez dehors.

elle s'essouffle.
on croirait entendre un médecin.
je vois bien qu'elle va mal.
et sur quoi fondes-tu ton diagnostic?
j'ai l'habitude de m'occuper des animaux, je sais quand ils vont mal.
est-ce que tu lui as avoué que tu prenais soin d'elle comme de tes vaches? je devrais peut-être lui en toucher un mot. elle serait flattée.
non. vous avez pas le droit.
il s'est mis à rire. j'ai tous les droits.
je vous défends. ou je raconterai à madame que vous allez voir violette à la ferme.
tu ferais une chose pareille?
oui.
peu importe. cela ne m'inquiète pas du tout. en fait j'ai pour principe de ne me soucier de rien. la vie peut être une corvée ou une partie de plaisir. j'ai fait mon choix.
vraiment?
il a dit oui puis il m'a montré le buffet. tu n'es pas censée le cirer?
je lui ai jeté mon chiffon à la tête. vous avez qu'à le faire vous-même!
je te l'ai dit. pas de corvée pour moi. uniquement le plaisir.

madame dormait dans la pièce blanche. j'ai étalé une couverture sur ses jambes et j'ai fermé la fenêtre. je suis repartie sans bruit. ralph se reposait dans sa chambre et le pasteur était en visite. j'ai été à la cuisine mais edna somnolait sur sa chaise auprès du feu éteint. elle l'avait laissé mourir parce qu'il faisait chaud dehors. je suis montée à la mansarde, j'ai changé mes vêtements contre ma jupe de paysanne qu'était dans le tiroir, j'ai ressorti mon vieux tablier et aussi mes vieux souliers même si j'allais mettre de la boue séchée partout dans la maison. je suis redescendue sur la pointe des pieds et j'ai pris le chemin de la colline.

du sommet je voyais tout, la ferme, la cour, les champs et les gerbes dans les rangs qu'attendaient d'être rassemblées en meules.

le cochon était couché à l'ombre.

les vaches broutaient.

j'avais pas prévu de faire ça mais j'ai pas pu m'empêcher. c'était plus fort que moi.

je suis allée jusqu'au bout du chemin, j'ai poussé le portail. ils étaient occupés de traire. j'ai vu le père et lui aussi il m'a vue.

qu'est-ce tu fais là?

je suis revenue.

qui t'a autorisée?

moi.

il a secoué la tête. eh ben moi je te dis que c'est pas possible.

je peux pas rester là-bas. je veux rentrer à la maison.

non.

il m'a attrapée par le bras et il m'a traînée au portail. mes sœurs étaient assises sur leur tabouret à me regarder mais elles ont pas bougé. la mère est sortie de la souillarde. elle m'a vue mais elle a rien fait non plus.

le père a pris le chemin de la colline et on est repartis vers le village. on est passés devant les maisons, devant l'église et on est arrivés au presbytère.

on a fait le tour par-derrière. la porte était ouverte et j'ai vu edna qui allumait le feu dans la cuisine.

où est le révérend?

edna m'a examinée. je vais le chercher.

on a attendu dehors au soleil. la main du père serrait mon bras et j'avais mal.
   le pasteur est sorti. que se passe-t-il ?
   elle est venue à la ferme mais je lui ai interdit. je lui ai dit qu'elle doit rester chez vous.
   le révérend graham a hoché la tête. mary ? tu voulais t'enfuir ? je t'ai pourtant autorisée à aller voir ta famille ce matin.
   j'ai pas répondu. le père m'a donné un coup de coude.
   tu n'es pas heureuse avec nous ?
   je parlais toujours pas.
   on s'occupe bien de toi, non ? puis il a dit au père ne vous inquiétez pas. ce n'est pas méchant. votre fille est un peu impulsive, c'est tout. un peu entêtée.
   un peu ?
   je ferai en sorte que ça ne se reproduise pas.
   ça vaudrait mieux pour elle ou je lui ferai passer le goût de ces bêtises.
   ce sera inutile. le révérend graham m'a pris le bras. allons mary, edna a besoin de toi.
   il m'a poussée dans la cuisine et j'ai entendu les deux hommes parler sur le seuil. ils disaient qu'il pleuvait pas assez, que c'était mauvais pour les récoltes et que les vaches donnaient moins. puis le père est parti et la porte s'est refermée. le révérend est venu me trouver.
   mary pourquoi est-ce que tu as fait ça ?
   j'ai haussé les épaules.
   apporte-moi du thé au bureau.
   j'ai fait comme il demandait. je suis entrée dans la pièce en bois et j'ai posé le plateau sur la table.
   merci. assieds-toi.
   je suis restée au bord de la chaise comme une poule sur le pondoir prête à s'envoler.

je voulais te remercier.

parce que je me suis enfuie?

non. parce que tu prends soin de mon épouse. je sais que tu as du mal à t'habituer à la vie ici, mais tu te débrouilles très bien et je t'assure que tu auras d'autres occasions d'aller rendre visite à ta famille. mais tu travailles chez nous maintenant. tu comprends mary?

je comprends ce que vous dites.

bien. alors tu veux bien me promettre que tu ne t'enfuiras plus?

si vous voulez. j'ai pas vraiment le choix de toute façon.

c'est une manière de présenter les choses. mais je pense qu'il vaut mieux laisser faire le temps. tu finiras par t'accoutumer et bientôt tu te sentiras ici chez toi.

AUTOMNE

ceci est mon livre et je l'écris de ma propre main.
nous sommes en l'an de grâce mille huit cent trente et un.
de l'autre côté de ma fenêtre le soleil est pâle et les oiseaux se sont tus.
écrire prend du temps. il faut tracer chaque mot lettre par lettre sur la page et quand c'est fini il faut encore vérifier qu'ils sont bien choisis.
des fois je m'arrête pour réfléchir à ce que je dois dire. mais aussi à ce que je veux dire. et pourquoi.
souvent une histoire se passe plus vite qu'il ne faut de temps pour l'écrire.
pourtant je dois me hâter car il ne me reste pas beaucoup de temps.

l'herbe était haute et jaune. les ombres s'allongeaient. les ronces étaient couvertes de baies et les pommes mûrissaient dans les arbres.
   quand je sortais tout semblait plus frais, plus neuf. et après le coucher du soleil j'avais froid.
   le matin et le soir les collines étaient voilées et l'air épais à cause de la brume.
   la cuisine était remplie de bocaux et de casseroles. on préparait les fruits et on faisait des conserves. harry ramassait toutes les betteraves, les carottes et les oignons qu'il laissait devant la porte. on les rangeait dans des caisses de sable avant que de les placer au frais et on entreposait les pommes dans le noir. il mettait les pommes de terre dans des sacs et nous on vérifiait qu'ils étaient bien fermés, que la lumière ne passait pas.
   on ne chômait pas mais je pensais tout le temps à ceux de la ferme qui devaient être occupés à la moisson, et aussi aux pommes et aux poires. en cette saison il fallait rentrer les récoltes tant qu'il y avait du jour en prévision de l'hiver parce que si les animaux avaient faim alors les gens de même.

au presbytère on avait commencé les confitures. edna m'a envoyée chercher d'autres fruits dans la cage au fond du jardin. harry fumait sa pipe près du feu dehors. il m'a regardée approcher avec ma bassine.
vous avez l'air de belle humeur, je lui ai dit.
il a ouvert de grands yeux.
si, vous avez l'air de belle humeur. ça doit être de me voir.
qu'est-ce tu veux?
j'ai souri. je voudrais des quetsches et des framboises.
je fume.
je vois ça.
faudra que t'attendes.
alors j'ai attendu. je respirais l'odeur du tabac, du feu et de l'automne mélangés. j'écoutais le craquement du bois et le crépitement des flammes. les feuilles humides dégageaient une fumée épaisse. j'entendais harry qui tirait sur sa pipe et le bout du tuyau qui claquait contre ses dents.
enfin il est allé chercher un cageot posé plus loin et il a versé les quetsches dans ma bassine jusqu'à tant qu'elle était pleine. certaines ont roulé dans l'herbe alors je les ai ramassées.
puis je lui ai dit vous savez quoi?
quoi?
on n'a qu'une vie. la mort sera d'abord là et quand vous regarderez derrière vous, vous verrez que vous avez mené une existence sans joie au lieu que vous auriez pu être heureux.
j'ai cru qu'il allait parler mais non. il me dévisageait avec sa pipe à la bouche et rien d'autre. je suis retournée à la cuisine. les quetsches avaient la peau brillante, presque noire.
le soir j'ai été chez madame. je me suis assise à ses pieds. ils étaient très secs alors je les ai massés avec la lanoline qu'on fabrique avec la laine des moutons.
tu as vu tes mains? elle a demandé.
je les ai levées. la paume et les doigts étaient marron clair.

j'avais passé l'après-midi à casser des noix pour les mettre à sécher.
ça finira bien par partir.
probablement.
elle a poussé un grand soupir.
quoi?
les nuits s'allongent.
j'ai regardé la fenêtre noire qui était comme un miroir. on voyait même la pièce dedans.
je me suis arrêtée de masser.
continue, elle a dit.
il faut que je m'occupe du feu.
elle m'a observée pendant que je fermais les rideaux et que je remuais les tisons. certains sont tombés alors j'ai balayé les cendres et j'ai pris une bûche dans le panier.
j'ignore comment on faisait avant toi.
vous deviez bien vous débrouiller.
je ne pense pas que nous étions aussi heureux.
le feu est reparti et j'ai ajouté ma bûche puis une autre. je me suis agenouillée et j'ai regardé les flammes.
mary?
quoi?
mon père était un homme dur.
je me suis tournée vers elle.
il était dépourvu de bonté. j'avais toujours peur de lui. je suppose que c'est pour cette raison que je me réjouissais tant de me marier.
peut-être que les pères pensent qu'ils doivent être comme ça.
peut-être, oui.
je regardais les flammes lécher la bûche et noircir le bois clair là où il était fendu.
mon père travaillait en afrique. je suis née là-bas. ma mère

et moi nous sommes rentrées quand j'ai été en âge de recevoir une instruction. mon père n'en voyait pas la nécessité, mais ma mère a insisté. elle affirmait que j'étais intelligente.

alors vous êtes allée à l'école ?

elle a souri. non, elle a dit. pas à l'école. j'avais une gouvernante. et mon père nous a rejointes peu après. c'est au village que j'ai rencontré mon futur époux. c'était le fils du pasteur. il a toujours été bon pour moi. parfois c'est tout ce dont on a besoin. un peu de gentillesse et de compassion.

j'ai mis deux autres bûches dans le feu. je suis retournée m'asseoir près d'elle et je lui ai encore massé les pieds.

ça fait du bien, elle a dit.

elle m'a regardée en silence pendant un moment, puis elle a parlé.

la peau de mon père était froide quand je le touchais, même si cela arrivait rarement. il aurait préféré des fils.

comme le mien.

elle a souri. oui. comme le tien. j'étais enfant unique et j'étais une fille. c'était une déception immense pour lui.

mon père, tout ce qui veut c'est des bras, j'ai répondu. des bras pour tirer le lait, pour rentrer les récoltes et pour labourer les champs.

il vous fait toutes travailler ?

cette fois c'est moi que j'ai ri. on n'a pas le choix madame. c'est comme ça.

c'est plus pénible qu'ici ?

beaucoup plus. quand je suis arrivée je cherchais toujours de l'ouvrage parce que j'étais pas habituée.

et maintenant tu t'es accoutumée ?

peut-être ben. mais j'ai pas le choix non plus.

elle a souri. je sais. nous ne risquons pas de l'oublier. tu ne manques pas une occasion de nous le rappeler.

j'ai regardé la pièce autour de moi. le tapis était doux sous mes pieds, les livres de toutes les couleurs à la lueur des bougies. les flammes grimpaient jusque dans le conduit et j'ai pensé au feu à la ferme. le père il l'allumait seulement quand il gelait et qu'on tremblait de froid. les flammes ne montaient jamais si haut parce qu'il était économe avec le bois. il disait que comme ça, le cœur de cochon planté d'épingles qu'on suspendait dans la cheminée pour éloigner le diable il pourrait pas brûler.

    mary?

    pardon madame.

    je disais que nous nous sommes mariés vite. il a fait sa demande et nous avons célébré la noce rapidement. j'ai eu une fille au bout d'un an mais elle est morte peu après sa naissance.

    elle a retiré son pied et l'a posé sur le coussin.

    c'est à ce moment que mon époux a décidé de suivre les traces de son père. et un an après son ordination j'ai eu ralph. c'est le fils idéal.

    on a frappé et edna est apparue sur le seuil.

    je m'excuse madame mais la sœur de mary est ici. elle voudrait lui parler.

    il est tard, mais vas-y.

    je me suis levée d'un bond parce que je croyais qu'il était arrivé quelque chose de grave pour qu'elle vienne au presbytère et j'avais peur pour le grand-père alors j'ai couru à la porte du jardin où que j'ai trouvé violette.

    qu'est-ce qui se passe?

    violette regardait le couloir derrière moi et quand je me suis retournée j'ai vu edna qui écoutait.

    violette a demandé si on pouvait aller faire un tour parce qu'elle avait besoin de me parler. edna a dit que je pouvais sortir, mais de pas m'attarder vu que le temps était déjà à la nuit.

j'ai suivi violette en direction de la colline. on a escaladé un portail et on s'est retrouvées dans l'herbe haute. elle était mouillée et ça sentait les pommes car il y avait des pommiers autour. j'ai posé mon châle par terre et on s'est assises.
  comment ça va? elle a demandé.
  qu'est-ce tu me chantes là? dis-moi plutôt qui c'est qu'est malade? c'est le grand-père?
  il va bien. y a personne qu'est malade.
  alors pourquoi que t'as cet air comme si quelqu'un allait mourir?
  pour qu'ils te laissent sortir.
  ah. dans ce cas dis au grand-père que je viens le voir dès que j'ai congé. beatrice va bien?
  elle a mis son lit dans notre chambre. elle pouvait pas dormir seule.
  et hope?
  elle a toujours un caractère de cochon. comme le père.
  et la mère?
  ça va. y a rien qu'a changé. sauf... alors violette a écarté son châle et elle a touché son ventre.
  je suis dans l'embarras.
  ah bon? qu'est-ce t'as donc comme embarras?
  elle a pris ma main et elle l'a posée sur son ventre. C'était dur et tendu et je sentais que ça bougeait dessous sa peau. ça poussait comme s'il y avait quelque chose à l'intérieur. je me suis reculée.
  c'est un bébé.
  ah.
  oui. ah.
  tu l'as dit à quelqu'un?
  non.
  je sais qui c'est.
  elle a rien répondu.

c'est ralph, hein?
elle a hoché la tête.
tu lui as dit?
elle a fait signe que non. je sais pas quoi faire.
moi non plus.
on s'est tues. on commençait à sentir l'humidité et on entendait les oiseaux de nuit. le vent agitait l'herbe et les feuilles dans les pommiers.
la lune était presque au plein et elle éclairait le bord des nuages.
je sais pas quoi dire.
moi non plus.
je me suis levée.
faut que je me sauve.
tu veux que je te raccompagne?
non, c'est pas la peine.
je suis partie en direction du presbytère puis je me suis retournée. violette n'avait pas bougé. on est restées comme ça un moment dans le noir puis elle a pris le chemin de la colline. un peu plus loin elle s'est arrêtée et elle a regardé derrière elle. moi aussi. on s'est vues mais on ne s'est pas fait de signe.

le lendemain j'étais dans le jardin et je cueillais des pommes sur l'arbre pour les porter à la cuisine. j'avais un panier et une longue gaule. j'essayais de les rattraper avant qu'elles atterrissent dans l'herbe parce que sinon elles risquent de se taler. et c'est pas bon vu qu'une pomme abîmée elle peut gâter le reste.

j'ai vu ralph sortir de la maison par les grandes fenêtres ouvertes.

j'en ai manqué une et elle a rebondi sur ma tête. ça l'a amusé.

je l'ai regardé mais il riait toujours, puis j'ai fait tomber une autre pomme. il l'a rattrapée et l'a mise dans le panier.
j'ai pas besoin d'aide.
et moi je crois que si.
je lui ai tourné le dos et j'ai levé ma gaule. il s'est jeté sur la pomme avant qu'elle touche le sol et il a posé sa main sur moi pour la rattraper sous mon nez.
je pars bientôt. je vais te manquer?
ça risque pas. où c'est que vous allez?
à oxford. il est temps.
pour quoi faire?
je vais à l'université. étudier. m'instruire.
j'ai fichu un coup dans l'arbre et plusieurs fruits sont tombés. il en a eu deux mais les autres ont roulé dans l'herbe.
je croyais que vous vouliez m'aider.
c'est ce que j'ai fait.
mais il faut les rattraper toutes. c'était mieux quand je faisais toute seule.
donne ton bâton.
il a baissé les branches avec la gaule comme ça je pouvais cueillir les pommes.
le panier était plein. je l'ai pris pour le rapporter à la cuisine.
tu veux que je le porte? a demandé ralph.
il a tendu le bras et il m'a effleuré la main.
touchez-moi pas. je sais comment que vous êtes.
il a éclaté de rire.
ne t'inquiète pas. je ne vais pas te faire de mal. tu ne risques rien avec moi.
ma sœur elle peut point en dire autant.
encore? tu es drôle mais tu peux être très ennuyeuse aussi.
elle est grosse.
quoi?

elle est grosse. elle va avoir un bébé.
très amusant.
elle est venue me trouver hier. elle dit qu'il est de vous.
tu ne sais pas de quoi tu parles.
j'ai grandi dans une ferme. je sais bien comment que ça se passe ces choses-là. elle m'a montré et je l'ai senti bouger.
si elle s'est fait engrosser ça n'a rien à voir avec moi.
oh. c'est bizarre parce que c'est pas ce qu'elle dit.
les filles sont prêtes à inventer n'importe quoi dans ce genre de situation.
pas violette.
bien sûr que si. elles font des bêtises avec des inconnus et après elles racontent des sottises.
je vous ai entendus l'autre nuit dans la cour. et je vous ai vus.
si c'était la nuit il faisait noir et tu n'as pas pu me voir. et même si c'était vrai, je ne serai pas là. bientôt je serai à des lieues d'ici.
pour de bon?
oui. mon dieu que tu as l'air sérieuse.
il m'a pris le panier et il s'est éloigné.

je m'arrête car j'ai besoin de m'allonger un peu pour me reposer.
y a encore beaucoup de choses que vous devez savoir. alors vous comprendrez.
mais j'ai mal au bras.
et j'ai des crampes à la main.
si je ferme les yeux je peux retourner en arrière et tout me revient.

on a passé une journée entière à peler des pommes et des oignons, à peser des fruits, à mesurer le vinaigre pour faire une bassine de chutney si fort qu'il piquait la gorge quand il bouillonnait et qu'il a fallu ouvrir les portes et les fenêtres.

edna m'a donné de la paille de blé et elle m'a appris à la tresser pour faire une poupée et puis des couronnes, des cloches, des cœurs et des fers à cheval.

j'ai porté la plus belle poupée de paille à madame pour lui montrer. mais elle était couchée et elle était plus pâle encore que d'habitude. ralph était assis à côté d'elle. je lui ai demandé si ça allait.

elle a répondu non.

vous avez besoin de quelque chose ?

persuade mon fils de ne pas partir.

ta mary chérie n'y parviendra pas non plus je le crains, a fait ralph. et tu t'en remettras.

il lui a tapoté la main.

tu vas me manquer.

il m'a regardée. dis-lui que tout ira bien.

il a raison madame. tout ira bien. je vous tiendrai compagnie. vous m'avez moi et tout le monde ici.

tu vois. qu'est-ce que je disais ? reste un peu avec elle mary.

il s'est levé et il a sorti.

il n'y avait plus que nous, le tic-tac de la pendule et le craquement des flammes et puis le soleil qui entrait par les grandes fenêtres.

tiens-moi compagnie mary.

pas longtemps. j'ai à faire.

j'ai attendu un peu. elle a reposé sa tête sur l'oreiller et elle a fermé les yeux. elle respirait lentement, profondément. j'ai lâché sa main et je me suis levée pour sortir.

je me suis arrêtée à la porte et je me suis tournée pour la regarder. elle était toute pâle et on l'entendait à peine respirer dans la pièce silencieuse.

à la cuisine edna préparait un pudding. elle mélangeait le saindoux et la farine. elle m'a dit de peler des pommes de terre et des carottes. j'ai porté une passoire et une casserole d'eau sur la table et je me suis mise à l'ouvrage.
j'ai demandé quand c'est que ralph il s'en va?
demain. j'ai fait ses bagages.
il était auprès de madame. elle est triste mais je comprends pas pourquoi. elle ne sait pas comment il est vraiment. il ne pense qu'à lui. les autres il s'en fiche.
j'ai mis la première pomme de terre dans l'eau.
les gens ne voient pas le mal quand il est trop près d'eux. comme la truie dans sa fange.
fais attention à ce que tu dis.
pourquoi? j'ai pas le droit de dire ce qui est vrai?
t'as une bonne place ici.
c'est pas une place. je suis pas payée. on m'a juste donné l'ordre de venir ici, de vivre ici et de travailler ici au lieu qu'à la ferme.
ton père reçoit de l'argent pour ce que tu fais.
mais pas moi.
tu as un toit sur ta tête. tu as un lit. tu as les vêtements que tu portes. tu manges bien. prends garde.
edna brandissait son rouleau à pâtisserie.
à quoi que je dois prendre garde? à ce rouleau? vous allez pas me frapper avec.
je le lui ai pris des mains et je l'ai posé sur la table.
de toute façon j'ai pas de reconnaissance et j'en aurai jamais pour ce que j'ai ici.
j'avais dit au révérend que tu ferais des problèmes quand il a annoncé que tu venais. je l'avais prévenu. je lui avais dit qu'il devrait pas embaucher une des filles de la ferme. vous avez toutes hérité du sale caractère de votre père.

vous avez pas le droit à parler de lui comme ça.
pourquoi? tu ne vas pas essayer de me faire croire qu'il est pas comme il est.
non. mais y a que moi que je peux causer de lui comme ça. pas vous.
à ce moment la porte de la cuisine s'est ouverte et le révérend graham est entré. il a dit mary apporte-moi du thé dans mon bureau s'il te plaît.
après qu'il est parti, edna a froncé les sourcils.
je ne sais pas pourquoi il te demande ça. avant c'était toujours moi qui lui portais son thé.

il n'était pas à son bureau comme d'habitude. il était debout à la fenêtre et il regardait dehors. il portait son costume. quand il m'a vue il a vite débarrassé un coin sur la table pour que je pose mon plateau.
puis il a fermé la porte et il m'a demandé de m'asseoir.
ralph s'en va demain.
je sais. madame m'a dit.
je veux te parler car je crois que sa santé se dégrade depuis un moment déjà et je crains que ce départ n'arrange rien. je souhaite que tu passes plus de temps avec elle. que tu veilles sur elle.
oui.
je peux compter sur toi?
bien sûr.
tant mieux. maintenant, veux-tu me servir mon thé?
d'abord j'ai mis le lait, puis j'ai placé la passoire sur la tasse et j'ai versé. quand je me suis penchée pour lui tendre sa soucoupe, j'ai vu sa plume et un livre ouvert.
c'est quoi?
quoi?
ce livre-là.

ce sont des observations sur les oiseaux du jardin.
ah bon. et pour quoi faire?
comme ça. c'est la première fois qu'on me pose la question à vrai dire. j'imagine que j'aime savoir lesquels reviennent chaque année. garder une trace de leurs allées et venues en fonction des saisons. je prends des notes sur leur comportement, leur reproduction, ce qui change si l'hiver est très rigoureux ou le printemps particulièrement doux.
vous faites ça en plus d'être pasteur?
oui.
et être pasteur, ça signifie écrire des sermons et dire aux gens ce qu'ils doivent faire?
il a souri. ce n'est pas exactement comme cela que je décrirais ma tâche, mais je comprends qu'on puisse le voir ainsi.
ce n'est pas vraiment du travail.
pour toi peut-être. j'imagine que tu es toujours entourée de gens qui travaillent avec leurs mains. à la ferme. des gens qui besognent toute la journée.
si on ne travaille pas, on ne mange pas.
bien sûr.
pourquoi vous faites ça?
quoi?
pasteur.
il a joint les doigts et il a regardé par la fenêtre.
j'ai senti un appel. et je suppose que j'ai suivi l'exemple de mon père. sans compter que la santé de ma femme n'était pas très bonne. j'ai pensé que je serais souvent à la maison pour m'occuper d'elle.
mais c'est moi qui m'occupe d'elle.
il s'est retourné. toi tu n'as pas froid aux yeux.
ah bon? je dis simplement la vérité.
peut-être.

seulement les gens ils ne veulent pas l'entendre.
pas toujours.
mais je ne peux pas être autrement. parce que je suis comme je suis.
je me suis levée.
je peux y aller ?
oui. encore une chose. que sais-tu des oiseaux ?
moi ?
oui. toi.
je sais qu'il y en a de toutes sortes et je sais qu'il y en a qui sont attirés par certaines graines selon ce qu'on a semé dans le champ. je sais aussi qu'il y en a qui restent l'hiver et d'autres qui s'en vont et qui reviennent.
et tu connais leurs noms ?
certains. le père il nous dit ceux qui détruisent les récoltes. ceux qu'il faut tuer. ceux qu'on peut manger si on a rien d'autre.
aimerais-tu apprendre comment ils s'appellent ? je pourrais te montrer.
si ça vous fait plaisir.
mais est-ce que ça te ferait plaisir à toi ?
je savais pas que mon plaisir avait de l'importance pour vous.
il m'a regardée. j'ai sorti et j'ai refermé derrière moi.

le soir j'ai voulu faire le ménage dans la pièce blanche et préparer le feu pour le matin. il était tard et madame était montée se coucher. j'ai ouvert la porte je suis entrée. j'avais ma bougie et je me suis agenouillée devant la cheminée. mais les cendres étaient encore trop chaudes pour nettoyer alors je me suis accroupie et j'ai regardé le foyer. je pensais au lapin accroché dans l'arrière-cuisine. edna avait parlé de faire une tourte ou bien un civet avec. et puis une voix

a retenti derrière moi et j'ai sursauté si fort que j'ai failli tomber dans les cendres.
  mary?
  je me suis retournée de suite. il n'y avait que la lumière de ma bougie et quand mes yeux se sont habitués j'ai vu qu'elle était là sur le lit.
  qu'est-ce que vous faites ici? je vous croyais dans votre chambre.
  je sais. mais je ne parvenais pas à trouver le sommeil alors je suis redescendue.
  vous avez besoin de dormir.
  je ne peux pas.
  je me suis approchée et j'ai posé ma bougie sur la table à côté d'elle.
  vous voulez boire ou manger?
  non.
  vous voulez que je fasse quelque chose?
  non.
  je lui ai mis une couverture et j'ai pris sa main. vous êtes toute froide.
  je ne me rends pas compte.
  moi je le sens.
  je suis allée lui chercher une autre couverture.
  pourquoi est-ce que vous montez pas vous coucher? je viendrai vous aider.
  je n'ai pas envie de bouger d'ici.
  je me suis agenouillée à côté d'elle. dans ce cas moi non plus je ne bouge pas.
  le temps a passé. l'air dans la pièce était froid alors j'ai mis des brindilles dans la cheminée pour faire repartir le feu puis j'ai ajouté des petites bûches jusqu'à tant que ça brûle bien.
  madame m'a remerciée.
  de rien.

j'ai cassé quelque chose. en ouvrant le piano.
je suis allée voir avec la bougie. Il y avait une tasse par terre. j'ai ramassé les morceaux.
j'avais envie de l'entendre. j'en jouais souvent quand j'étais jeune.
vous voulez maintenant?
tu sais jouer?
ça m'a bien fait rire. non où c'est que j'aurais appris? à la porcherie? au poulailler?
ta vie a beaucoup changé, n'est-ce pas?
oui.
je me demande ce qui va t'arriver.
je continuerai à dormir et à me réveiller et le pain continuera de se faire. je m'occuperai de mon ménage et de mon ouvrage. voilà tout ce qui m'arrivera.

j'ai ouvert le piano et même dans le noir je voyais les touches blanches et les noires plus petites. j'ai appuyé le doigt mais rien ne s'est passé.
presse plus fort. plus vite.
j'ai fait comme elle demandait et ça a fait du bruit.
elle a dit le son n'a pas changé.
vous voulez en jouer?
elle a secoué la tête. non.
je l'ai refermé.
viens t'asseoir.
j'ai pris la bougie et je me suis installée sur le tapis. elle a passé la main dans mes cheveux. je ne bougeais pas et elle me caressait comme un chat.
je suppose que tu manques à ta mère.
je crois pas.
je suis sûre que si.
sa main s'est arrêtée un moment puis a recommencé.
quand on a un bébé on a l'impression qu'il est toute notre

vie et on n'imagine pas que l'enfant grandira, qu'un jour il n'aura plus besoin de nous et qu'il voudra partir.
   on ne peut pas les empêcher de grandir.
   bien sûr. mais tu ne peux pas savoir ce que c'est. on renonce à tout pour s'en occuper et le protéger puis il s'en va. c'est comme s'il t'avait consumé pour construire sa propre vie.
   elle a posé sa main sur mon épaule et j'ai mis la mienne par-dessus.
   vous allez me dégoûter d'en avoir.
   non ne m'écoute pas. elle a serré mon poignet. ne m'écoute pas.
   je plaisante. si je veux un enfant j'en aurai un et si j'en veux pas j'en aurai pas.
   ce n'est pas bien de se moquer.
   je sais mais c'est plus fort que moi.
   le feu prenait bien et il faisait bon dans la pièce, on entendait le tic-tac de la pendule. dehors une chouette a appelé une autre chouette.
   oh mary j'aimerais que demain n'arrive jamais et que le temps s'arrête.

   le lendemain matin je portais l'eau chaude au bureau du pasteur pour qu'il se rase avant le petit déjeuner quand ralph m'a coincée dans le couloir. il a avancé sa main en travers pour m'empêcher de passer.
   je pars.
   et après ?
   j'espère que tu ne vas pas te mettre en tête de conter des sornettes à mon père pendant mon absence.
   je ne comprends pas. qu'est-ce que j'irais lui conter ?
   tu le sais parfaitement. alors écoute-moi bien. si tu te tais je ne lui dirai rien sur toi en échange.

y a rien à dire sur moi.
oh si.
il m'a attrapé le visage, il s'est penché et ses lèvres ont touché mes lèvres. je l'ai repoussé et il riait.
comment oses-tu m'embrasser petite paysanne?
jamais de ma vie.
tu n'as pas honte?
jamais. jamais.
tu vois. tu ne veux quand même pas que je lui raconte que tu essaies toujours de m'embrasser, que la nuit tu rôdes autour de ma chambre et que tu me pourchasses.
je ferais pas ça. jamais.
jamais? vraiment? il a caressé mon visage et il est parti.

j'ai jamais fait.
vous savez ça. jamais.

ensuite ralph a descendu ses bagages et il les a laissés devant la grande porte. puis il a frappé au bureau au bout du couloir. je le surveillais de la cuisine. le pasteur a sorti et il lui a serré la main.
bonne chance mon fils. travaille bien.
ralph a tapoté le bras de son père.
promis.
maintenant va dire adieu à ta mère. sois gentil avec elle.
nous avons attendu pendant qu'il était dans la pièce blanche.
comment allait-elle? a demandé le révérend après.
ralph a haussé les épaules. comme d'habitude. il m'a vue un peu plus loin dans le couloir et il m'a appelée. où est edna?
en haut, j'ai répondu. elle a sa journée. je peux aller la chercher si vous voulez.

non. inutile. dis-lui au revoir de ma part.
il est passé devant moi. sa voiture attendait dehors. harry a chargé les bagages puis les chevaux l'ont emmené.

j'ai trouvé edna assise sur son lit alors je lui ai rapporté que ralph était parti et qu'il lui disait au revoir. elle a hoché la tête.
    vous sortez pas? vous avez votre journée. vous devriez rendre visite à votre famille.
    ils ne tiennent pas à me voir.
    ah.
    je suis restée là à la regarder et elle a secoué la tête.
    vous êtes triste qu'il est parti?
    c'est pas tant pour ça. je le connais depuis qu'il est né. je me suis occupée de lui toutes ces années et il n'a jamais rien dit.
    je ne savais pas quoi répondre alors je l'ai laissée. je suis redescendue voir madame dans la pièce blanche.

    elle était allongée la tête tournée de l'autre côté. j'ai avancé une chaise et je me suis assise à côté d'elle. je causais pas, j'attendais qu'elle parle la première. je suis restée là longtemps mais comme elle ne bougeait pas je me suis levée et je suis allée lui chercher du thé. je l'ai aidée à se redresser pour boire puis j'ai allumé le feu parce que sa peau elle était très froide.
    j'ai essayé de la faire parler. j'ai vraiment essayé. mais il n'y avait pas moyen.
    alors je suis retournée à mon ouvrage mais je revenais m'asseoir avec elle de temps en temps. à la nuit j'ai voulu qu'elle monte mais elle a refusé.
    laisse-moi ici.
    vous devez aller dans votre chambre.

je n'irai nulle part.
je suis allée frapper à la porte du bureau et j'ai demandé au révérend graham de venir lui parler. il m'a suivie et il s'est approché d'elle.
voyons. tu dois aller te coucher.
elle n'a pas répondu. elle a détourné la tête.
il m'a ordonné de monter chercher ses affaires.
quand je suis redescendue le pasteur attendait à côté de la cheminée.
il a dit installe-la confortablement pour dormir et il est sorti.
je l'ai déshabillée comme je pouvais, je lui ai mis un oreiller moelleux et je l'ai rallongée puis j'ai apporté des couvertures et j'ai rajouté des bûches. ensuite je me suis assise à côté d'elle et j'ai soufflé les bougies. le feu éclairait la pièce.
j'ai attendu longtemps et elle dormait quand le pasteur est entré.
va te coucher maintenant. je veillerai sur elle. tu n'as pas besoin de rester.
alors j'ai obéi. je suis montée avec ma bougie dans la chambre sous le toit.
edna était déjà au lit. il a grincé quand elle s'est retournée. j'ai écouté sa respiration mais elle ne changeait pas. puis je l'ai entendue se lever. elle avait la main devant la flamme qui rayonnait partout sur les murs. l'ombre d'edna était immense au plafond.
j'attendais aussi immobile qu'un chat au soleil. elle a sorti sa boîte pour regarder les trois linceuls puis elle les a repliés et elle a tout remis en place. elle a soufflé la bougie et la nuit est revenue. son lit a craqué quand elle s'est recouchée.

le lendemain matin je me suis levée et je suis descendue. j'ai allumé le feu dans la cuisine et pareil dans le bureau.

je me suis arrêtée devant la pièce blanche et j'ai attendu.
j'écoutais mais je n'entendais rien alors j'ai poussé la porte
tout doucement.
    elle était allongée sur le lit. son bras pâle aux veines bleues
pendait et ses doigts caressaient le sol. j'ai appelé madame.
je me suis précipitée. je tirais sur son bras et je répétais toujours la même chose. madame. madame.
    elle a soulevé ses paupières mais lentement. le bleu de ses
yeux était pâle. j'ai pris son visage entre mes mains.
    vous m'entendez?
    j'ai su que oui parce que ses pupilles ont rétréci.
    madame, je murmurais. allez.
    je l'ai lâchée et je lui ai ordonné de ne pas bouger. j'ai
couru prévenir le révérend qui descendait l'escalier. je lui ai
dit vite et il a fait vite.

    le docteur est arrivé et il est parti. quand j'ai entendu
son cheval s'éloigner sur le chemin je me suis dépêchée de
retourner voir madame. j'ai mis des bûches dans la cheminée pour qu'elle ait chaud. je suis allée lui préparer du
thé et je me suis assise à côté d'elle.
    vous voulez que je vous parle de mes sœurs? ou de la
ferme? vous voulez que je vous raconte quelque chose?
    elle ne répondait pas. je caressais ses cheveux mais je
n'osais pas prendre la brosse parce que j'avais peur de lui
faire mal. j'ai massé ses mains avec la crème à la lanoline.
j'ai attendu qu'elle ferme les yeux puis j'ai attendu qu'elle
les ouvre et elle a fini par se réveiller mais elle ne disait
toujours rien et après le révérend est arrivé alors je suis
partie.

    le lendemain elle était pareille et tous les autres jours
aussi. finalement j'ai descendu mes draps pour pouvoir

dormir à côté d'elle comme ça j'étais sûre qu'elle manquait de rien. edna s'occupait de la cuisine et moi je suis devenue son infirmière.

un matin le pasteur est entré dans la pièce et il m'a dit que je devais sortir, prendre l'air, aller à la ferme si j'en avais envie. mais ça me faisait deuil de laisser madame comme ça alors j'ai répondu non je veux rester. et je suis restée.

il était assis d'un côté et moi de l'autre. j'ai demandé vous croyez pas qu'on devrait prévenir ralph pour qu'il rentre ? mais il a dit c'est inutile. ralph est à l'université à présent, il étudie et il ne faut pas le déranger.

madame serait pourtant contente de le voir.

peut-être, mais je t'ai répondu.

au bout d'un moment un oiseau s'est posé sur le rebord de la fenêtre. le révérend l'a montré du doigt.

tu le connais celui-ci ?

c'est le noir qui pille les récoltes.

c'est un corbeau. est-ce que tu sais la différence entre un corbeau, une corneille et un choucas ?

oui. ils ont pas les mêmes noms.

alors il m'a expliqué. comment ils mangeaient et comment ils nourrissaient leurs petits et comment ils vivaient.

j'ai dit que j'allais refaire du thé. quand je suis revenue il a regardé le plateau et il m'a demandé d'aller chercher une autre tasse pour moi.

c'est comme ça qu'on a bu le thé tous les deux ensemble.

je ne sais pas combien de jours ça a duré. je lavais le visage de madame et ses mains, je changeais ses draps et je la retournais pour éviter les escarres. elle ne voulait pas boire alors je portais la tasse à ses lèvres.

mais elle n'a plus jamais mangé.

un jour je me suis réveillée sur la chaise alors que je m'étais

défendu de dormir. elle a ouvert les yeux, elle m'a regardée en souriant puis elle les a refermés.
je me suis approchée de suite. j'ai écouté mais je n'entendais rien. j'ai pris son petit miroir et je l'ai mis devant sa bouche. il n'y avait pas de brume. il est resté argenté.

j'ai encore mal aux mains et aux poignets. j'aimerais tellement ne pas parler de tout ça.
j'aimerais ne pas avoir à l'écrire.
j'aimerais ne pas avoir à le lire.

le silence a envahi la maison.
c'est moi qui l'ai déshabillée, qui l'ai étendue sur le dos, qui l'ai lavée. c'est moi qui ai placé des pièces de monnaie sur ses paupières. c'est moi qui ai nettoyé sa peau blanche.
c'est moi qui l'ai coiffée.
c'est moi qui l'ai vêtue, qui ai passé ses membres lourds dans une robe. j'ai même noué un ruban dans ses cheveux.
puis les hommes sont venus pour la mettre dans un cercueil tout bleu à l'intérieur. ils l'ont posé sur la table. tout autour il y avait des chaises pour la veiller.
chaque jour j'entrais dans la pièce blanche et je l'observais.
je fermais la porte derrière moi et je m'assoyais un peu avec elle.

arrête-toi.
lève la tête. regarde par la fenêtre. respire.

après le bedeau a creusé un trou dans le cimetière et le révérend graham s'est enfermé dans son bureau pour écrire avec sa plume et de l'encre.
edna et moi on a fait des gâteaux dans la cuisine, puis on

a nettoyé la maison et on est allées à l'église pour cirer les bancs et frotter le sol.

alors les hommes ont soulevé le cercueil. ralph marchait derrière. puis le pasteur a parlé d'elle et il a lu les prières.

nous on était dans la cuisine et par la fenêtre on entendait les chants.

les femmes attendaient à la maison et les hommes étaient à l'église.

les cloches ont sonné.

la porte s'est ouverte et les hommes sont entrés.

la maison n'était plus silencieuse. elle était pleine de gens.

ils ont mangé les gâteaux, ils ont bu le thé et ils sont tous partis. ralph et le révérend se sont enfermés dans le bureau. pendant ce temps edna et moi on a tout nettoyé, lavé les assiettes et les verres puis on les a rangés dans les placards.

le silence est revenu.

je suis entrée dans la pièce blanche et j'ai fermé la porte derrière moi pour être tranquille. on avait ouvert les fenêtres pour nettoyer l'air et le lit avait disparu. mais les coussins bleus n'avaient pas bougé. j'en ai pris un dans mes bras. j'ai regardé autour de moi. il y avait toujours la pile de papier à lettres et d'enveloppes. une pochette avec son courrier. un livre sur la table. je suis allée le ranger sur l'étagère là où il y avait un trou.

puis je me suis approchée de la fenêtre ouverte. le jour tombait sur le jardin.

j'ai entendu la porte derrière moi. j'ai cru que c'était edna qui venait fermer.

mary.

je me suis retournée. c'était ralph dans son costume noir.

je t'ai cherchée dehors. je pensais te trouver au cimetière.

non. j'y ai pas été.

je vois ça. qu'est-ce que tu fais là ?

je range.

et à présent, que comptes-tu faire ?
j'en sais rien.
est-ce que tu vas rentrer à la ferme maintenant que ton travail ici est terminé ?
j'en sais rien. votre père ne m'a pas encore dit ce qu'il voulait.
cela ne devrait pas tarder. il était très occupé avec l'enterrement.
et vous, vous allez faire quoi ?
je retourne à l'université demain.
qu'est-ce que vous apprenez ?
il a souri.
j'avais oublié ton franc-parler. aucune autre bonne ne poserait ce genre de question. j'étudie la philosophie. et l'économie.
ah.
il a dit mary et il a fait un pas vers moi.
moi j'en ai fait un en arrière.
quoi ?
pourquoi tu réagis toujours ainsi ? comme si j'allais te faire quelque chose d'horrible.
j'ai vu de quoi vous êtes capable.
je n'ai pas l'intention de te faire quoi que ce soit. écoute, si tu restais au presbytère pour t'occuper de mon père ? j'ai peur qu'il s'enferme dans son bureau et passe son temps à dessiner des oiseaux. il en oubliera même de manger.
ça dépendra de ce qu'il veut. mais je suis venue parce que votre mère était malade et qu'il fallait prendre soin d'elle, c'est tout.
merci. nous te sommes reconnaissants de ce que tu as fait pour elle. ce que j'ai dit avant de partir. sur ma mère. tu te souviens ? à propos de sa santé. je le regrette. bien sûr, son état était plus grave que je le pensais.

j'ai haussé les épaules.
j'essaie de m'excuser.
qu'est-ce que ça peut me faire ? la personne à qui il fallait demander pardon n'est plus là, alors c'est trop tard. c'est mieux de réfléchir avant que de parler ou de faire quelque chose.
il a souri. tu ne changeras jamais.
non. mais peut-être que vous, vous devriez.
il a secoué la tête en riant. quoi qu'il en soit, merci pour tout ce que tu as fait pour elle.
j'ai encore haussé les épaules. j'ai sorti de la pièce, j'ai pris le couloir dallé et je suis montée à la chambre sous le toit. edna n'était pas là, j'étais seule. j'ai ouvert la fenêtre pour avoir de l'air, puis je me suis allongée sur mon lit et j'ai fermé les yeux.

à l'automne les feuilles changent de couleur, elles se racornissent et elles meurent. mais c'est impossible de voir la toute première se transformer. parce que l'été se change en automne petit à petit. il n'y a pas un jour où elles deviennent toutes marron.
c'est aussi là qu'on trouve des champignons sous les feuilles et la mousse. je les ramasse pour les cuisiner. y a celui qui saigne du lait quand on le coupe.
madame était sous terre depuis sept jours quand le révérend m'a demandé de lui porter son thé. j'ai mis une tasse et une soucoupe, une passoire et un pot de crème sur le plateau. je l'ai posé sur son bureau.
assieds-toi mary.
je sais que vous avez à me causer quand vous me dites de m'asseoir.
il a souri. dans ce cas, tu devrais peut-être aller te chercher une tasse et t'installer confortablement pour boire avec moi.

ce n'est pas la peine, révérend.
mais moi j'aimerais bien que tu partages mon thé.
alors j'ai fait comme il voulait. j'ai été prendre une tasse à la cuisine et je l'ai mise sur le plateau à côté de la sienne. le pasteur a avancé la main pour servir. j'ai voulu l'arrêter mais il m'a ordonné de ne pas bouger.
je n'ai pas l'habitude qu'on me sert, j'ai dit.
il m'a donné ma tasse et il a demandé tu veux autre chose ?
je veux bien essayer votre pipe.
il a éclaté de rire. je crains que ce soit impossible.
alors de quoi est-ce que vous voulez discuter ? vous m'avez pas appelée ici rien que pour boire le thé et causer de la pluie et du beau temps ?
tu es vive. je ne parlerais pas d'intelligence parce que tu n'es pas instruite, mais tu as quelque chose.
quoi donc ?
une astuce innée peut-être, de l'esprit.
et c'est pas comme un cerveau instruit ?
non, je ne crois pas. c'est informe, plus animal, plus primitif.
animal ?
je ne voulais pas t'insulter. les animaux sont des survivants. ils n'ont pas besoin qu'on leur enseigne quoi que ce soit. mais ne t'inquiète pas de ça.
je m'inquiète pas. quand je peux rien faire pour changer les choses, je n'y pense pas. si je peux les arranger alors je le fais et je n'y pense plus.
le révérend a joint les mains.
tu sais que tu aurais beaucoup à apprendre au reste du monde ?
j'ai ri. et moi je crois que j'ai rien à apprendre à personne.
mais si. mary. je veux te remercier.
vous n'avez pas à me remercier.

si. tu as aidé ma femme. et elle t'appréciait.

d'accord. mais maintenant qu'elle n'est plus là, est-ce que mon travail est terminé ?

je préférerais que tu restes. j'en ai parlé à ton père et il ne s'y oppose pas.

mais si vous lui avez demandé et qu'il sait que vous me voulez ici et que vous allez lui donner de l'argent c'est sûr qu'il m'interdira de rentrer à la maison. ça veut dire qu'en fait vous ne me laissez pas le choix.

mais nous avons besoin de toi. mary ?

je n'ai pas répondu. je me suis levée et je me suis approchée de la fenêtre. j'ai regardé la pelouse. elle était couverte de feuilles mortes et de rosée. au lieu des fleurs il n'y avait plus que des graines qui séchaient sur les tiges.

mary ?

je me suis tournée. je n'ai pas le choix, non ?

voilà pourquoi je ne suis pas rentrée à la maison comme je l'espérais.

voilà pourquoi je suis restée.

le lendemain après-midi pendant que le révérend rendait visite à une femme que son mari était mort, edna préparait le repas et je finissais le ménage dans la pièce blanche. j'ai trouvé une pile de livres par terre derrière la table et je les ai ramassés pour les ranger à leur place. je ne sais pas pourquoi j'ai fait ça mais il y en a un qui s'est ouvert entre mes mains. alors j'ai tourné les pages dans un sens et dans l'autre mais c'était peine perdue. je pouvais les regarder jusqu'à tant que je voulais, je ne comprenais pas ce que ça disait.

mary ?

j'ai sursauté et j'ai serré le livre contre moi. j'étais tellement occupée que je n'avais pas entendu la porte.

que fais-tu ? a demandé le révérend graham.

rien. j'allais retourner à la cuisine.
montre.
il m'a pris le livre des mains et il l'a examiné.
pourquoi as-tu choisi celui-ci?
j'ai haussé les épaules.
allons?
la couleur.
il a souri. ce n'est pas une raison plus mauvaise qu'une autre.
y a de l'or dessus.
au même moment, il a bougé la couverture et les lettres ont brillé au soleil.
est-ce que tu comprends quelques mots?
non. c'est tout le même pour moi. je ne vois pas comment on peut trouver du sens là-dedans. il y a que des traits noirs et des points.
quand on sait lire c'est différent. dis-moi, est-ce que quelqu'un sait lire dans ta famille?
non.
personne n'a jamais essayé de t'apprendre?
j'ai ri. non. y a trop de travail à la ferme.
bien sûr. tu vois ça? il a demandé en montrant l'or sur la couverture. les lettres? *l.a.* elles forment le mot *la*. tu vois? *la.*

j'ai regardé le livre et les lettres d'or. il me l'a rendu. et il est sorti mais je suis restée jusqu'à tant que le soleil quitte la pièce.

je vous ai dit que j'écrivais de ma propre main.
je vous ai dit que ma sœur beatrice ouvrait la bible et récitait à voix haute. mais elle ne voyait qu'un fouillis de traits sur le papier. elle ne savait pas lire.
je vous ai dit tout ça.

le lendemain je devais cirer la rampe d'escalier du dernier étage jusqu'au rez-de-chaussée. je détestais ça. il fallait passer la cire et la laisser pénétrer dans le bois puis frotter jusqu'à tant que ça brille et que j'aie mal au bras.

mary. mary.

je l'entendais qui m'appelait de là où j'étais en haut de l'escalier. mais j'ai rien fait que continuer le travail qu'on m'avait donné.

il m'a cherchée dans toutes les pièces en bas puis il est monté.

ah te voilà. que fais-tu ?

je pense qu'avec votre cerveau instruit vous devez être capable de voir ça.

prends garde à ne pas devenir impudente.

est-ce qu'on peut être une chose qu'on ne sait pas ce que elle est ?

je pense que oui. le renard peut être un renard sans savoir qu'il en est un.

je ne suis pas un renard.

ce n'est pas ce que je voulais dire. écoute, est-ce que tu pourrais bien venir un instant dans mon bureau ?

vous voulez que j'arrête ça ?

tu pourras finir plus tard.

si c'est ce que vous voulez.

oui.

alors j'ai posé le chiffon et la cire par terre et je suis descendue avec lui.

il m'a montré la chaise de l'autre côté de la table et il m'a dit de m'asseoir.

moi à ma place et lui à la sienne.

bien. par où allons-nous commencer ?

il a pris une feuille de papier et il a trempé sa plume dans

l'encrier. il a tracé deux traits. un debout et un couché en bas.
L
c'est un *l*. la première lettre du mot *la*.
il a dessiné une boucle.
l
c'est aussi un *l*. et c'est aussi la première lettre du mot *la*. chaque lettre a deux formes. la majuscule et la minuscule. *L. l.*
je ne comprends pas.
tu finiras par comprendre.
non.
mais si mary. regarde. essaie de la copier. trace-la avec ton doigt pour t'en souvenir. *L.* c'est bien.
il expliquait et mon doigt dessinait sur le bureau.
une ligne verticale. une horizontale. c'est bien. recommence.
j'ai fait ça trois fois.
c'est ça. maintenant l'autre *l*. une boucle longue et tu redescends.
j'ai fait avec mon doigt. une boucle longue et je redescends.
tu comprends?
j'ai hoché la tête.
j'avais compris.
je comprenais.

le soir je suis sortie après que j'avais fini mon ouvrage. j'ai pris le chemin de la colline. le sol était mouillé et ma jupe était trempée à cause des herbes hautes. je me suis arrêtée au portail. il y avait des génisses qui broutaient bruyamment partout dans le champ, des corbeaux tournoyaient en criant autour des arbres, la lune montait dans le ciel et les étoiles s'allumaient les unes après les autres.

je me suis appuyée au portail et j'ai caressé la mousse sur le bois, j'ai respiré l'air humide puis mon doigt a dessiné la lettre.

une ligne debout. une ligne couchée.

L

je continuais à lui préparer la cuvette pour se raser tous les jours mais j'ai remarqué qu'il ne l'utilisait plus car l'eau restait propre et je ne voyais plus flotter des petits poils. sa barbe a poussé. elle était rousse et blanche, comme la queue du renard.

un matin que je lui portais son thé il était à son bureau et il tenait sa tête entre ses mains.

j'ai posé le plateau mais il n'a pas bougé.

ça va révérend?

il a enlevé ses mains et il m'a regardée. ses yeux étaient mouillés et rouges.

vous voulez quelque chose?

non.

je ne savais pas quoi faire et je suis restée là.

mary. assieds-toi.

j'ai pris la chaise près de la porte.

il s'est tourné vers la fenêtre. dehors le vent soulevait les feuilles et elles tombaient des arbres comme la pluie.

tu veux bien servir le thé?

alors je l'ai fait.

j'attendais pendant qu'il buvait. la tasse semblait minuscule entre ses mains. après il m'a regardée et il a dit je ne t'ai pas demandé si tu en voulais.

je sais.

pardon.

il a commencé à se lever mais je l'ai arrêté.

j'en voulais pas de toute façon.

il a hoché la tête et il s'est rassis. il s'est tourné encore vers la fenêtre.

j'étais tellement occupé après l'enterrement, il y avait tant de choses à régler que je viens seulement de me rendre compte que je suis seul ici à présent. mon fils est parti lui aussi. je m'excuse. je ne sais pas pourquoi je me permets de me confier à toi.

parce que vous n'avez personne d'autre à qui parler. normalement c'est vous qui écoutez les gens.

il a hoché la tête. bien sûr. tu as raison.

j'ai dit c'est plus pareil sans elle.

non.

on s'est tus un moment puis il m'a tendu sa tasse et je l'ai remplie.

j'étais sorti me promener ce matin. j'ai croisé ton père sur la colline.

vous avez causé?

nous avons bavardé un peu.

laissez-moi deviner. vous avez parlé des moissons. du temps, des oiseaux que vous avez vus. si la récolte de pommes était bonne.

bravo. mais tu oublies un sujet de conversation. il m'a dit qu'il comptait acheter une batteuse cette année. je n'imaginais pas qu'il était le genre d'homme à s'intéresser aux nouvelles techniques.

il est le genre à s'intéresser à l'argent.

comme beaucoup de paysans.

le silence est revenu.

c'est bon? je peux y aller?

pas tout à fait.

il a ouvert le tiroir de son côté du bureau et il a sorti un livre.

quelle lettre avons-nous apprise?

je ne peux pas maintenant. j'ai du travail et edna va me tirer les oreilles si je ne le fais pas.
je lui dirai que c'est moi qui t'ai demandé de rester ici. allons, quelle lettre ?
l.
bien. et te souviens-tu comment on l'écrit ?
je ne suis pas idiote, révérend.
ce n'est pas ce que j'insinuais. je te posais la question.
je me rappelle tout.
parfait. alors tu seras ma meilleure élève. là. qu'est-ce que tu lis ?
il y a un *l.*
oui. et à côté c'est un *a*. maintenant, exerce-toi.
il m'a montré comment on dessinait le *a*.
à présent on peut les mettre ensemble. nous avons un *l* et un *a*. ces lettres forment le mot *la*. tu vois. *la*.
nous les avons tracées avec le doigt. *l. a.*
très bien. tu as appris un mot. ton premier mot.
alors je peux lire un mot ?
oui.
ah.
après il m'a expliqué le *b*. *b* comme dans bateau ou bouteille. mais il y avait le *b* et le *B* et j'ai dû recopier les deux. on a écrit d'abord avec le doigt, puis avec la plume que j'ai trempée dans l'encrier.

puis on a dessiné la lettre avec un point dessus et celle comme le *l* mais qui fait une boucle plus petite. après ça il a décidé qu'il était temps de voir comment je lisais.

il est allé chercher un livre et il a dit regarde. essaie de lire.

les lettres étaient en or sur le cuir noir. je les ai examinées et je les ai reconnues alors je les ai prononcées l'une après l'autre, mais il m'a dit de les lier parce que c'est comme cela qu'on doit faire.

il y avait deux mots. je le savais parce qu'il m'avait expliqué comment on mettait un espace entre les mots.
j'ai lu les mots.
la
bible
la bible. bravo. ce sont tes deux premiers mots. attends.
il a sorti trois livres différents de ses tiroirs et il m'a montré qu'ils étaient les mêmes. la bible. je les ai tous lus.
je les ai lus.
mes deux premiers mots.
j'ai passé mon doigt sur la couverture du petit livre noir. je sentais les lettres gravées dans le cuir et je les lisais tout haut. *la. bible*, j'ai dit. *la bible.*
il a frappé dans ses mains. félicitations. tu vas progresser vite. il a montré le livre que je tenais. c'est pour toi. et chaque fois que tu souhaiteras te souvenir de ce que tu as appris tu n'auras qu'à le regarder.
il est à moi ?
mais oui. tu peux le garder.
j'ai serré le livre de cuir. je l'ai serré contre moi.
ne le perds pas.
ça risque pas et si vous croyez une chose pareille, vous êtes un foutu imbécile.
mary !
pardon. pardon révérend. je voulais pas dire ça. c'est sorti parce que je suis trop enthousiasmée.
enthousiaste.
enthousiaste. oui. je me suis levée. merci. merci. je me suis dirigée vers la porte.
mary. le plateau.

ce soir-là edna et moi nous sommes montées en même temps. la bougie était sur la caisse entre nous. quand elle s'est couchée le lit a soupiré. j'ai tiré mon livre de sous les draps.

soufflez pas de suite, j'ai dit.

j'ai penché le livre vers la flamme pour examiner les lettres dorées sur la couverture.

qu'est-ce que tu fais?

regardez. le trait debout avec le trait couché. c'est un *L*. et ce mot c'est *La*.

d'où est-ce que tu sors ça? tu l'as volé?

mais non. il me l'a donné.

je l'ai ouvert et j'ai étudié la première page. je me suis approchée de la flamme pour mieux voir. c'était une bouillie de traits noirs et de points mais j'ai pris mon temps jusqu'à tant que j'en trouve un. *la*.

j'ai continué jusqu'à tant que j'en reconnaisse trois. *la la la*.

j'ai posé le livre et je me suis penchée pour éteindre la bougie. ça sentait le cierge dans la chambre. une chouette a crié de l'autre côté de la fenêtre.

maintenant il faut dormir, a dit edna.

j'ai fermé mes yeux mais mon cœur battait à toute allure d'excitation et même si mon corps était immobile mon esprit s'agitait et refusait de se calmer car il était comme une abeille en été.

le matin j'ai sorti avec les épluchures pour les poules. harry ratissait les dernières feuilles mortes avant que de les faire brûler.

je l'ai appelé.

bonjour.

il m'a regardée sans prononcer un mot.

j'ai lancé les déchets aux poules. elles se sont jetées dessus en se bousculant.

vous avez presque fini? j'ai demandé. edna dit que maintenant on ne va plus vous voir avant un moment.
harry a hoché la tête. y a plus rien qui pousse.
attention. vous venez de parler.
il m'a tourné le dos.
et les pommes de terre, je les rentre?
il m'a passé le seau. puis il m'a donné un bol avec les dernières framboises.
j'ai dit belle journée et j'ai mis une framboise dans ma bouche.
ah bon.
j'ai regardé le ciel.
le soleil est là même s'il est caché par un nuage.
est-ce que tu vois jamais le mauvais côté des choses?
j'aurai bien le temps d'y penser quand je serai morte.
il se dirigeait vers la serre.
harry?
il s'est retourné et il a demandé quoi?
les framboises, elles sont bonnes.
je vais devoir en arracher une partie. maintenant qu'il y a plus que le pasteur. je vais mettre du gazon à la place.
c'est dommage. parce que vous faites ça bien.
il a hoché la tête et il a presque souri. puis il est parti avec sa pelle nettoyer la serre et tout ranger jusqu'au printemps.

j'étais dans la cuisine quand on a toqué à la fenêtre. j'ai levé les yeux et j'ai vu beatrice dehors.
edna était en haut alors je suis allée ouvrir.
c'est le grand-père, a dit beatrice. la mère m'a envoyée te prévenir.
je lui ai demandé d'attendre et j'ai couru au bureau du révérend. j'ai frappé à la porte mais comme il ne répondait pas, j'ai prévenu edna que j'allais à la ferme. je lui ai pas

laissé le temps de réagir, je suis redescendue à toute vitesse, j'ai lancé mon tablier dans la cuisine et j'ai rejoint beatrice. on est rentrées aussi vite que possible.

on a traversé la cour et la souillarde. la mère était là. elle a dit tu devrais aller le voir. elle est restée dans la cuisine avec beatrice.

le grand-père était dans la réserve aux pommes. il était couché. il avait une couverture sur lui et comme son visage était tourné de l'autre côté il ne m'a pas vue.

j'ouvrirai pas les yeux beatrice, je mangerai pas tant qu'elle est pas rentrée à la maison.

j'ai posé la main sur son épaule. je suis là.

il s'est retourné. foutredieu, c'est donc toi?

beatrice est venue me prévenir.

je sais ben puisque c'est moi qui l'ai envoyée. ça faisait trop de temps que je t'avais pas vue.

qu'est-ce qui va pas?

rien.

rien? elle a dit que la mère voulait que je rentre. que tu risquais de pas passer la semaine.

c'est ce que je leur ai dit pour qu'ils aillent te chercher.

la porte s'est ouverte et la mère était sur le seuil. comment ce qui va?

il est pas bien en point. je vais rester un moment avec lui.

d'accord. dans ce cas je vous laisse.

quand elle a ressorti on a mis tous les deux la main devant la bouche pour ne pas rire trop fort.

après il a dit j'ai faim.

j'irai te chercher quelque chose à manger tantôt. alors comment ça va?

comment ça va? ah malheur, personne vient plus me voir et personne rit avec moi. ton père est dehors jusqu'à

point d'heure et il fait travailler tes sœurs encore plus dur depuis que t'es partie. ta mère elle est toujours à courir et à s'esquinter à la tâche. et ton père il est colère parce que violette est grosse. on dirait une vache qui va mettre bas. c'est ce qui répète tout le temps. comment est-ce qu'elle a fait ça?
    ben tiens, comme toutes les femmes qu'ont des enfants.
    eh ben au moins t'appelles un chat un chat. dis-moi, c'est comment là où que t'es? tu te ressembles plus guère. t'es au-dessus de nous maintenant. bientôt tu parleras comme une dame.
    dis pas des bêtises.
    alors? comment que c'est?
    je passe mes journées à faire briller des choses qu'il faut toujours cirer encore. je dois frotter tous les meubles et mettre des tasses et des soucoupes sur un plateau. et je dois avoir un tablier blanc propre chaque jour.
    ils ont donc rien de mieux à faire?
    faut croire que non. ils ont pas besoin de travailler du lever au coucher du soleil.
    c'est sûr.
    mais il m'a donné ça.
    j'ai sorti le livre de ma poche et je lui ai montré.
    qu'est-ce tu vas faire de ça?
    j'ai caressé les lettres d'or sur la couverture.
    je sais déjà lire ce mot.
    alors comme ça tu vas apprendre à lire?
    il veut m'apprendre et je vais le faire.
    et pourquoi donc?
    parce que je peux. parce que d'autres ils peuvent.
    le grand-père a éclaté de rire. t'auras guère l'emploi de tout ça à la ferme. y a point de livres ici. que des pis à traire, des chevaux à atteler et des œufs à ramasser.
    et des moutons à rassembler, j'ai dit.

et de la merde à nettoyer.
et des couilles à couper.
doucement. je peux pas te laisser parler comme ça maintenant que t'es une dame.
je serai jamais une dame.
tu me feras la lecture alors?
je connais que deux mots.
il s'est mis à rire et moi aussi.
il vaut mieux que t'en apprennes d'autres. ou ça sera pas très drôle. je trouverai vite le temps long si tu répètes toujours pareil.
je vais en apprendre d'autres. et je viendrai te faire la lecture. ça te ferait plaisir?
ton vieux grand-père il serait fier de toi.
alors je le ferai.
dépêche-toi parce que je rajeunis pas.
dis pas ça.
c'est la vérité.
il a essayé de s'asseoir et je l'ai aidé. il a pris ma main.
mary, va me chercher à manger.
t'es censé être mourant. qu'est-ce que je leur raconte?
t'as qu'à dire que j'étais tellement heureux de te voir que l'appétit m'est revenu d'un coup.
je dirai que je t'ai forcé à manger.
si tu veux.
je me suis levée.
mary.
quoi?
fais-moi du thé aussi.

je suis restée jusqu'à la nuit. j'ai aidé la mère à faire le beurre. j'allais partir quand j'ai vu violette qui rentrait de nourrir le cochon.

son ventre pointait en avant mais ailleurs elle était mince comme une tige de blé. et puis elle marchait comme les canards dans la cour. on aurait dit que ses hanches elles étaient collées ensemble.
 comment que tu vas faire quand ça va arriver? je lui ai demandé.
 on verra. je leur ai raconté que je savais pas qui c'était. un des journaliers.
 et le père t'a crue?
 il a bien fallu. mais il dit que je peux pas le garder, qu'on va le donner.
 et tu vas obéir?
 j'ai pas le choix.
 elle a baissé la tête et elle a tapé dans un caillou. il en a jamais parlé? elle a demandé sans me regarder.
 ralph?
 oui. lui.
 il est plus là. il est à l'université. pourtant je lui en ai causé.
 ah.
 elle a attendu un peu.
 et il a dit quelque chose?
 pas vraiment.
 ah.
 faut que je me sauve. occupe-toi du grand-père.
 d'accord.
 je suis partie. elle n'a pas bougé. quand je me suis retournée avant le virage elle était toujours là.

 le révérend m'a appelée dans son bureau ce soir-là. la lampe était allumée et le rideau épais était tiré. le feu brûlait dans la cheminée. j'ai fermé la porte comme il demandait et je me suis assise en face de lui.
 tu as apporté ton livre?

je l'ai sorti de la poche de mon tablier et je l'ai posé sur la table. je l'ai ouvert pour lui montrer les mots que j'avais trouvés. j'ai dit regardez, je sais lire ça.
 bien. et celui-là ?
 bible.
 très bien. maintenant, voyons la première ligne. nous avons le mot *au*. et après, est-ce que tu reconnais des lettres ?
 il y a un *e*, et puis un autre *e* et encore un autre.
 oui. c.o.m.m.e.n.c.e.m.e.n.t. on dit *commencement. au commencement.*

 dans mon lit j'ai rouvert le livre à la lumière de la bougie et j'ai lu en passant mon doigt lentement sous chaque lettre.
au commencement.
 j'ai dessiné les lettres sur mon lit. je les ai toutes faites pour les graver dans ma tête parce que je ne voulais pas oublier.
 j'ai soufflé la flamme. edna dormait mais pas moi. je traçais les lettres sans m'arrêter sur le drap.
 au commencement.

HIVER

ceci est mon livre et je l'écris de ma propre main.

nous sommes en l'an de grâce mille huit cent trente et un, je suis toujours assise à ma fenêtre et j'écris toujours mon livre.

je vois mon visage dans la vitre. mes cheveux et ma peau sont clairs.

je suis penchée sur ma table avec mon encrier devant moi et un tas de feuilles à ma gauche.

et vous savez maintenant que j'ai dû apprendre chaque lettre que j'écris.

ça me fait deuil de vous raconter tout ça. il y a des choses que je n'ai pas envie de dire.

mais je me suis juré que je dirais tout exactement comme ça s'est passé. j'ai promis alors je dois continuer.

l'automne s'est changé en hiver si vite que j'ai cru que j'avais raté des jours.

chaque matin dans la chambre sous le toit je serrais mes habits contre moi dans le lit jusqu'à tant qu'ils soient assez chauds puis je les enfilais dans le noir. la maison était silencieuse parce qu'edna dormait quand je me levais et le révérend n'était pas encore debout. je nettoyais les cendres dans le bureau, je mettais du bois et du papier et je faisais du feu puis j'allais à la cuisine pour allumer le fourneau et ensuite je devais retourner dans le bureau pour voir si ça brûlait bien et s'il faisait bon. puis je devais préparer la cuvette d'eau chaude du pasteur avant le thé et le petit déjeuner.

mes mains étaient rouges et gercées.

j'ai demandé à edna si elle pouvait se lever la première certains jours à cause du froid mais elle a répondu puisque j'avais l'habitude de traire les vaches tous les matins à la ferme, je devais avoir l'habitude du froid.

oui, mais à la ferme j'avais la chaleur de la vache pour me réchauffer.

la porte de la pièce blanche restait toujours fermée et celle de la salle à manger aussi. on n'y faisait pas de feu et on avait couvert les meubles. on avait sorti les bas de portes pour les courants d'air. on n'utilisait que la cuisine et le bureau et j'ai mis des tapis sur les dalles du couloir.
   le pasteur prenait tous ses repas seul dans le bureau.
   il faisait noir quand je me levais et noir quand je me couchais.
   à la cuisine on avait chaud et l'après-midi edna s'endormait à côté du feu pendant que j'épluchais les légumes assise sur mon tabouret.
   un jour le révérend est allé voir ralph. il est parti une semaine alors on en a profité pour faire le ménage partout. on a récuré la maison du sol au plafond puis on a ciré tous les meubles, même dans les pièces les plus froides et ensuite on a nettoyé l'église si bien que j'avais encore plus mal aux mains.
   après le pasteur est rentré de voyage.
   le cheval s'est arrêté devant le presbytère et on a couru à la voiture pour prendre ses bagages. edna a préparé un petit déjeuner copieux avec du lard et des rognons même si c'était pas vraiment le matin et je l'ai conduit à son bureau où il faisait bien chaud parce qu'on avait allumé le feu.
   bienvenue révérend.
   merci.
   comment va ralph?
   il a souri et il a dit il va bien, merci. il a l'air d'aimer les études. c'est un soulagement pour moi, tu l'imagines. et ici tout s'est bien passé en mon absence?
   nous avons fait tout ce que vous avez demandé.
   parfait. et le temps?
   il a fait froid même si le soleil brillait presque tous les

jours. je suppose que c'était pour nous montrer là où qu'on n'avait pas bien nettoyé.
 ah oui? nous, nous n'avons pas vu le soleil de la semaine. en fait, il a plu tous les jours.
 il a pris son couteau et sa fourchette et il a découpé le lard. puis il a remarqué que je restais là.
 il y a autre chose mary?
 oui.
 eh bien, parle avant que mon repas refroidisse. je t'écoute.
 j'ai toujours le livre, révérend. est-ce que vous allez encore m'apprendre de lire?
 pas de lire, mary. je vais t'apprendre à lire.
 alors vous voulez bien m'apprendre?
 il a souri. oui. tu as de l'enthousiasme, c'est bien. nous reprendrons les leçons ce soir. et nous passerons à l'écriture.
 oui, c'est ce que nous ferons.

l'après-midi j'ai épluché les rutabagas et coupé le bout qui avait gelé pour le repas mais edna n'est pas descendue à la cuisine. je suis sortie au jardin pour voir dans la réserve si elle était allée chercher des légumes mais elle n'était pas là non plus. j'ai monté un étage puis l'autre jusqu'à notre chambre et je l'ai trouvée assise sur le lit blottie dans son châle parce qu'il faisait froid. sa boîte était posée à côté d'elle. je lui ai demandé si ça allait.
 je m'en vais, elle a dit.
 je lui ai demandé comment ça? où elle allait?
 je pars.
 pourquoi?
 le révérend n'a plus besoin de moi. maintenant que madame graham est morte et que ralph est à l'université il n'y a plus assez de travail pour deux.
 mais si.

il a dit qu'il prendrait quelqu'un pour les grands nettoyages mais qu'il n'avait pas de quoi payer deux employées. et il m'a donné ça.
elle m'a montré l'argent et elle a serré son châle autour de ses épaules.
j'ai tout de suite vu qu'il te préférait quand tu es arrivée.
c'est pas ça.
c'est ça. mais je ne t'en veux pas. ce n'est pas ta faute.
puis elle est partie. la chambre était vide. je suis restée là jusqu'à tant que le jour diminue. et je suis descendue pour m'occuper de la cheminée et vérifier que le fourneau était assez chaud pour cuisiner.

j'ai préparé le souper et j'ai entretenu le feu. le soir je lui ai porté un plateau à son bureau. il était assis et quand il m'a vue il s'est levé.
ah mary, je pense que c'est inutile de me servir mon repas ici. désormais je mangerai dans la cuisine avec toi. cela t'évitera de transporter tous ces plateaux.
alors je suis retournée à la cuisine et il m'a suivie. il s'est installé en face de moi à la table que j'avais nettoyée et il a commencé à manger. il a fini par lever la tête et il a vu que je n'avais rien avalé.
qu'est-ce qu'il y a?
edna dit que vous l'avez renvoyée.
il a posé son couteau et sa fourchette. ah, c'est ça qui te perturbe.
elle était malheureuse.
j'en suis conscient. mais c'est une simple question mathématique. je n'ai pas les moyens d'entretenir plusieurs employées de maison alors que je suis seul. nous prendrons quelqu'un à la journée quand ce sera nécessaire.
mais ça faisait longtemps qu'elle était ici.

je sais.
plus que moi. et elle voulait rester.
et pas toi?
ce n'est pas ce que je dis. je dis qu'ici c'était chez edna.
il a joint les mains et il a souri.
tu ne peux pas me demander d'être responsable d'elle toute sa vie.
je ne peux pas?
non.
il a pris son couteau et sa fourchette pour terminer son repas. mais pas moi.
mange s'il te plaît.
alors j'ai poussé ma nourriture devant moi mais je n'y ai pas touché. lui il a tout fini et après j'ai emporté les deux assiettes dans l'arrière-cuisine. il m'observait.

quand je suis revenue il a dit je comprends que cela puisse te paraître injuste.

je n'ai pas répondu.

est-ce que tu ne vas pas t'asseoir? tu n'as rien avalé.

je n'ai pas faim.

tu as besoin de manger. il a secoué la tête et il s'est levé. bon, nous avons à faire. ne bouge pas.

il a sorti de la cuisine et j'ai attendu.

j'ai entendu la porte du bureau s'ouvrir puis se refermer et après des pas dans le couloir. il est revenu avec la plume et l'encrier. il avait aussi des feuilles et du papier buvard.

ce serait ridicule de s'installer ailleurs alors que nous pouvons rester au chaud ici.

il a voulu débarrasser mais je l'ai arrêté.

c'est mon travail, révérend.

j'ai fini de ranger, j'ai essuyé la table avec une patte mouillée puis avec un chiffon sec et il a mis les papiers dessus.

il a montré la chaise à côté de lui. assieds-toi.

j'ai obéi.
où est ton livre?
j'ai sorti la petite bible noire de la poche de mon tablier et je l'ai posée sur la table.
ouvre-le.
j'ai obéi.
lis.
tout était silencieux et à la flamme des bougies j'ai cru d'abord que les signes sur la page dansaient. j'ai mis mon doigt sous les mots et quand ils ont arrêté de bouger j'ai commencé à les prononcer. alors j'ai senti qu'il se penchait vers moi et j'avais l'impression qu'il ne respirait pas. c'était comme s'il voulait que je lise chaque mot.

après je suis allée me coucher dans ma chambre avec le lit vide à côté.
il faisait si froid que je faisais de la fumée chaque fois que je respirais. je tremblais tellement que j'avais mal au visage, aux bras et aux mains, mais je me suis assise avec le livre et j'ai lu à la bougie.
au commencement.

il faut que je m'arrête encore.
il faut que je secoue mes mains et que je fasse quelques pas dans la pièce.
je dois regarder par la fenêtre et calmer mon esprit après avoir pensé à tout ça.
des fois la mémoire c'est bien car sans les souvenirs il ne reste rien de la vie. mais d'autres fois elle retient des choses qu'on préférerait oublier et après on a beau essayer de s'en débarrasser elles reviennent quand même.
je vais continuer mais pas tout de suite.

le lendemain je me suis réveillée tôt et il faisait toujours froid parce que le froid était jusque dans les murs. mais il pleuvait et il n'avait pas gelé. je suis descendue allumer les feux. j'ai mis l'eau à bouillir. j'ai préparé le thé et j'ai attendu que le révérend se lève pour le porter dans le bureau mais il est venu directement à la cuisine.

    vous allez bien ? j'ai demandé parce que sa peau semblait aussi fine et blanche que le papier de mon livre.

    il a dit je ne suis pas très en forme et il s'est assis lourdement sur la chaise.

    vous avez besoin de quelque chose ?

    non.

    j'ai allumé le feu dans le bureau si vous souhaitez vous raser.

    je préfère rester ici.

    vous voulez que je serve le thé ?

    non. je m'en charge.

    vous voulez manger ?

    non merci. j'ai seulement besoin de calme.

    alors je vous laisse tranquille.

    j'ai versé de la farine dans le saladier, j'ai ajouté de la levure, du sel et de l'eau tiède chauffée sur le feu et j'ai commencé à pétrir la pâte à pain.

    le révérend est resté immobile un moment puis il s'est servi une tasse de thé et il en a bu la moitié. il m'a regardée puis il s'est mis debout. je m'absente, il a dit.

    vous allez voir une de vos vieilles dames ?

    il n'a pas répondu. il était déjà dans le couloir.

    et il a sorti.

    j'ai enlevé la farine qui collait à mes doigts et j'ai couvert le saladier avant de laisser lever le pain à côté du feu. ensuite j'ai fait une pâte brisée puis j'ai pris un lièvre qui était accroché depuis plusieurs jours, je l'ai dépiauté, découpé et fait mijoter toute la matinée.

plus tard j'ai sorti dans le jardin et j'ai ramassé trois poireaux qui sont venus facilement maintenant que le sol n'était plus gelé. je suis allée chercher des pommes de terre dans la réserve. j'ai vu que la nuit tombait mais il n'était toujours pas rentré.

j'ai fait bouillir les légumes et j'ai mis les assiettes à chauffer parce qu'elles étaient glacées d'être restées dans l'arrière-cuisine. soudain j'ai entendu la porte du jardin et il est entré.

est-ce que c'est prêt? il a demandé.

dans quelques minutes. vous allez bien?

il a frappé dans ses mains et il les a frottées l'une contre l'autre. oui, très bien merci. il a reniflé. ça sent bon, il a dit. je pense que nous allons encore manger ici ce soir.

alors nous nous sommes mis à table. mais avant que j'avale une bouchée il a fait un signe pour m'arrêter.

nous allons réciter le bénédicité.

il a fermé les yeux et joint les mains et dit que nous devions remercier le seigneur pour la nourriture qu'il nous donnait.

je l'ai écouté et j'ai pensé à la journée que j'avais passée et aux poireaux que j'avais ramassés sous la pluie.

pourquoi est-ce qu'il faut remercier dieu quand c'est moi qui ai cherché les légumes et qui les ai préparés?

mary. il a tendu le bras pour me faire taire.

et c'est moi qui nettoierai après manger.

il a ri. tu n'es qu'une mécréante.

il a avalé tout ce que je lui avais servi et il en a redemandé. il a tout mangé aussi. puis il a poussé son assiette.

est-ce qu'il y a du feu dans mon bureau?

oui. je l'ai allumé parce que je pensais que vous alliez rentrer plus tôt.

bien. est-ce que tu pourras me porter mon thé là-bas ?

il est sorti et moi j'ai débarrassé puis j'ai fait bouillir l'eau et j'ai préparé le plateau. théière, passoire, tasse, soucoupe, pot de lait. petite cuillère. tout comme il faut. comme j'avais appris.

quand je suis arrivée devant la porte elle était fermée. j'ai mis le plateau par terre pour ouvrir et je l'ai ramassé. je suis entrée et je l'ai posé sur son bureau.

il a dit ferme derrière toi.

j'ai obéi.

assieds-toi.

j'ai obéi.

nous allons lire un peu.

maintenant ? mais je n'ai pas terminé dans la cuisine.

tu finiras plus tard. où est ton livre ?

je l'ai sorti et je l'ai ouvert devant moi.

où en étions-nous ?

on a lu les premiers mots.

ah oui. il s'est raclé la gorge. viens. prends ta chaise et installe-toi de ce côté. c'est impossible de travailler ainsi, le texte est toujours à l'envers pour l'un de nous deux.

alors j'ai soulevé ma chaise et je l'ai portée de l'autre côté pour m'asseoir à côté de lui.

c'est mieux. maintenant regarde cette lettre. tu dois te souvenir qu'elle a la forme d'un serpent. *sssss*. commence par le haut.

j'ai trempé la plume dans l'encre et j'ai commencé par le haut, une courbe et encore une et ça y est j'avais dessiné un *s*. quand j'ai senti sa jambe appuyer contre la mienne, je me suis poussée parce qu'il n'y avait pas assez de place derrière le bureau pour nous deux. seulement sa jambe elle m'a suivie.

fais-en un autre. fais-en une ligne entière jusqu'à ce que le geste rentre.
et là j'ai senti sa main sur mon genou.

quand j'écris ces mots je me rends compte que j'étouffe. je m'approche de la fenêtre pour l'ouvrir car j'ai besoin d'air mais je n'y arrive pas alors je mets mes mains sur le papier et ma tête par-dessus.
je sombre dans un sommeil court et noir qui m'apporte un peu de réconfort.
mais maintenant je suis réveillée et je dois continuer.

je ne savais pas ce qui se passait ni pourquoi. je me suis dit ne te lève pas en sursaut, ne commence pas à raconter n'importe quoi parce que c'est peut-être rien du tout. si je fais une réflexion j'aurai l'air bête.
sa main allait et venait sur ma jambe mais je n'ai pas bougé et j'en suis bien honteuse.
je ne savais pas quoi faire.
il a demandé quelle est la lettre suivante ? concentre-toi. alors, qu'est-ce que c'est ?
et moi je ne bougeais toujours pas.
j'ai lu la lettre d'après et encore celle d'après puis il m'a dit que je devais les recopier pour me souvenir.
j'ai fait cela.
et pendant ce temps, pendant que la plume plongeait dans l'encrier et grattait le papier, sa main remontait sur ma cuisse. j'ai terminé mon écriture puis j'ai déclaré maintenant je dois y aller parce que j'ai de l'ouvrage et aussitôt je me suis levée.
j'ai remis la chaise à sa place de l'autre côté du bureau et j'ai pris le plateau mais il m'a dit non laisse-le.
alors je l'ai laissé.

j'ai sorti et j'ai refermé la porte.

je n'ai pas dormi de la nuit. j'ai gardé les yeux ouverts.

le matin j'étais fatiguée et je n'avais pas envie de quitter mon lit à cause du froid mais aussi parce que je ne voulais pas descendre. pourtant je me suis levée quand même, j'ai allumé le feu dans la cuisine et j'ai mis l'eau à bouillir. j'allais pour nettoyer la cheminée dans son bureau mais il s'est réveillé plus tôt que d'habitude. je ne l'ai pas regardé, j'ai baissé la tête et je suis retournée de suite à la cuisine.
il m'a suivie.
j'ai dit l'eau n'est pas chaude. et il n'y a pas de feu.
ce n'est pas grave.
attendez ici. je m'en occupe.
je me suis dépêchée de balayer les cendres dans la cheminée, j'ai mis du petit bois et je l'ai allumé, et quand ça a pris j'ai ajouté des bûches. je suis allée le prévenir que c'était prêt et il s'est installé dans son bureau.
 je lui ai donné sa cuvette d'eau chaude puis j'ai vite préparé son thé avant qu'il revienne manger dans la cuisine. j'ai posé son petit déjeuner et tout de suite j'ai refermé la porte derrière moi.
 après je me suis affairée et j'étais contente qu'edna était pas là parce que je devais faire son travail. nous n'étions plus que deux dans la maison mais les cheminées brûlaient autant de bûches et le sol se salissait pareil.

 dans la journée il est allé à l'église et faire ses visites pendant que je préparais un civet avec les restes du lièvre, des navets et des carottes. nous avons encore mangé ensemble à la cuisine puis il a dit que je devais le rejoindre dans son bureau pour la leçon.

on ne peut pas rester ici? j'ai demandé.
il a secoué la tête. non tous les livres sont là-bas.
s'il vous plaît. il fait plus chaud dans la cuisine.
il s'est levé. viens dans mon bureau, sinon il n'y aura pas de leçon ce qui signifie que tu ne sauras jamais lire et écrire. et tu veux apprendre, n'est-ce pas?

je sais ce que vous pensez.
n'y va pas. ne va pas dans cette pièce. c'est ce que vous pensez.
mais j'y suis allée.

j'ai fait chauffer la bouilloire et j'ai préparé le thé. j'ai regardé les feuilles colorer l'eau.
j'ai mis le couvercle sur la théière. j'ai mis le pot de lait sur le plateau. j'ai mis la tasse à côté.
j'ai pris le plateau.
et je l'ai porté au bureau.
j'ai fermé la porte derrière moi comme il me l'avait demandé. j'ai vu que ma chaise était déjà de son côté. je me suis assise et j'ai attendu pendant qu'il ouvrait mon livre.
il a dit ah oui, voilà où nous en sommes. je veux que tu me lises cette phrase en entier puis tu essaieras de la recopier.
il a sorti un vieux registre.
c'est pour toi. pour écrire. je le garderai ici et tu pourras faire tous tes exercices dedans. si tu continues ainsi bientôt tu sauras lire et écrire. tu apprends vite. tu es très douée. maintenant, allons-y mary.
j'ai mis mon index sur la page et peu à peu les lettres se sont changées en mots puis il m'a montré les points qui séparaient les mots pour faire des phrases. j'ai lu à voix haute.
tout le temps il avait sa main sur ma jambe.
après je devais copier les phrases dans le registre. il a

poussé l'encrier vers moi. j'ai trempé la plume dedans et je l'ai laissée goutter au-dessus, je l'ai posée sur le papier et lentement j'ai dessiné les lettres et puis j'ai écrit un mot puis un autre. pendant ce temps il avait passé son bras autour de mes épaules. comme un châle qui me réchauffait.

il y a eu un bruit dans la cheminée et une bûche est tombée de la grille. je me suis levée pour voir si des braises avaient sauté mais il m'a forcée à me rasseoir.

ce n'est rien. continue.

alors j'ai continué.

il est allé rajouter du bois dans le feu puis il est revenu. et son bras aussi.

à la fin il m'a dit regarde ce que tu as fait. tu es vraiment très douée. il a attrapé mon menton et il a tourné mon visage vers le sien. il a posé ses lèvres sur les miennes. ça sentait le tabac et le thé. sa moustache piquait. il a ouvert la bouche et sa langue s'est glissée dans la mienne.

je dois m'arrêter. j'ai besoin de respirer.

il a refermé mon petit livre en cuir noir et il a pris ma main entre les siennes.

je sais que c'est mal mais je me sens trop seul.

il ne me regardait pas. je ne le regardais pas. j'étais mal à l'aise alors j'ai voulu fermer le livre d'écriture et me lever.

non. tu dois utiliser du papier buvard sinon l'encre va tacher l'autre page.

il m'a montré comment il fallait faire pour sécher les petites gouttes au bout des lettres.

puis il m'a pris le registre. je voulais le garder mais il a refusé.

il est à moi. vous me l'avez donné.

il doit rester ici, car c'est ici qu'auront lieu tes leçons.

et si je ne viens pas ?
alors tu n'apprendras pas à lire et à écrire.
je n'ai pas répondu. on n'entendait que le bruit des flammes et celui de la lampe. le bois sur les murs et notre souffle.
tu comprends ?
j'ai hoché la tête. oui.
il a souri. donc nous avons un accord. c'est une bonne chose.

ce soir-là mon corps était raide dans le lit. je m'étais juré de rester éveillée jusqu'au retour du soleil mais j'étais très fatiguée à cause de la nuit d'avant et finalement j'ai eu l'impression de tomber en arrière et je me suis endormie.
soudain il y a eu un bruit.
d'abord j'ai pensé que c'était edna qui venait se coucher et que son matelas de plume soupirait mais j'ai senti une peau contre la mienne. il y avait quelqu'un dans mon lit. ensuite j'ai cru que c'était beatrice à côté de moi. mais ce n'était pas elle non plus.
puis je l'ai entendu. il priait et demandait pardon. son bras s'est posé sur moi.
il était allongé à côté de moi et rien d'autre. nous deux dans le lit.

je dis la vérité.
si je ne disais pas la vérité pourquoi est-ce que je vous aurais raconté tout cela ?

j'ai dormi un peu mais pas du sommeil où qu'on s'abandonne. quand je me suis réveillée je sentais sa présence à côté de moi. j'entendais son souffle lent et profond. j'avais froid mais cette fois je n'ai pas mis mes vêtements dans le

lit pour les réchauffer. je me suis levée et je me suis habillée puis je suis sortie très vite sans tourner la tête.
    en bas j'ai fait le feu dans la cuisine et dans le bureau. puis j'ai fait bouillir l'eau.
    quand il est descendu il était habillé et prêt pour sa journée. il m'a regardée mais moi pas.
    je prendrai mon thé et mon petit déjeuner dans la cuisine ce matin.
    et c'est ce qu'il a fait.
    après il s'est enfermé dans le bureau parce qu'il devait écrire son sermon pour demain et je savais qu'il ne fallait pas le déranger étant donné qu'il disait toujours qu'il avait besoin de temps pour réfléchir. j'ai vaqué à mes affaires, j'ai préparé le repas, je suis allée chercher les légumes, je les ai lavés, je les ai épluchés, je les ai coupés. plus tard je l'ai entendu sortir. je me suis approchée de la porte ouverte pour écouter. il demandait à harry de ne pas le déranger quand il venait s'occuper du cheval et du jardin parce qu'il avait beaucoup d'écritures à faire. puis il est allé à ses visites. il faisait nuit lorsque je l'ai entendu rentrer. plus tard nous avons mangé ensemble dans la cuisine. puis j'ai porté la lampe au bureau où j'avais allumé le feu. nous nous sommes installés.
    il s'est penché vers moi et il m'a fait cette chose avec sa langue. j'avais l'impression d'avoir un foie de veau dans la bouche.
    il a ouvert mon livre et il a demandé où est-ce que nous en sommes?
    je lui ai montré. alors il a pris le registre et il m'a aidée à revoir les phrases d'hier puis il m'a appris une nouvelle lettre que je ne connaissais pas. je l'ai lue et je l'ai écrite. et d'autres aussi.
    et oui il avait sa main sur ma jambe. oui il avait son bras autour de mes épaules.

oui il a glissé sa main froide sous mon corselet.

après la leçon je l'ai laissé seul et je suis montée dans ma chambre. je me suis couchée tout habillée et j'ai soufflé la bougie. j'étais immobile.
 il y a eu un grincement dans l'escalier puis le bruit s'est arrêté. j'ai cru que mon cœur aussi allait s'arrêter. mais j'ai entendu une autre marche. la poignée a tourné. la porte s'est ouverte et refermée. le plancher a craqué. j'ai senti un poids sur le lit et à travers mes paupières closes je voyais la lumière. j'ai regardé. il avait posé sa chandelle et il se déshabillait. sa peau était blanche. j'ai refermé les yeux.
 il a soulevé la couverture et il m'a poussée vers le mur pour s'allonger.
 il a mis son bras autour moi et sa langue dans ma bouche. il m'a caressée puis il est descendu vers mes jambes.

attendez.
si je vous raconte cela, c'est que j'ai une raison.
vous allez comprendre.

j'ai senti sa main sous ma jupe et je l'ai repoussée mais il a recommencé et il a écarté mes jambes.
 ses doigts se sont glissés à l'intérieur.
 j'ai essayé de parler mais il a dit chut et il a éteint la bougie.
 il a grimpé sur moi. son genou a ouvert mes cuisses plus grand et il a forcé.
 j'avais mal.
 mais je n'ai pas crié.
 il transpirait et il respirait fort. puis il s'est tourné et il s'est endormi de suite.
 pas moi.
 au réveil quand j'ai écarté le drap j'ai vu le sang. ma jupe

aussi était souillée. je l'ai portée à la cuisine et je l'ai jetée dans la cheminée.

de ce jour nous avons vécu comme ça. tous les matins je me levais la première pour allumer le feu en bas. et quand il faisait chaud il descendait et il prenait son petit déjeuner. le dimanche il allait à l'église et il me demandait de rester à la maison pour préparer son repas. le reste du temps les gens passaient le voir ou il faisait des visites. le samedi il écrivait dans son bureau avec la porte fermée et parfois il allait se promener ou il observait les oiseaux de sa fenêtre puis il les dessinait et il notait ce qu'ils faisaient.

harry venait un jour par semaine pour nettoyer le jardin, retourner la terre et s'occuper de la serre. il se rendait tous les jours à l'écurie mais il savait qu'il ne devait pas entrer dans la maison.

quand j'avais un moment je m'assoyais à la table de la cuisine et je regardais dans mon livre noir tout ce que j'avais appris.

le soir on mangeait ensemble.

et après on allait dans son bureau, je trempais la plume dans l'encrier et je recopiais des mots.

puis il me suivait en haut de l'escalier et dans mon lit. au début son genou poussait puis j'ai écarté les jambes toute seule comme ça je n'avais plus de bleus le matin.

pendant des semaines, j'ai continué d'apprendre. je connaissais les vingt-six lettres et je savais écrire de plus en plus de mots. et ils correspondaient de plus en plus aux mots dans ma tête.

le temps a passé. l'hiver était rude. il y avait du givre sur les vitres à l'intérieur et je ne voyais pas dehors avant que d'avoir allumé le feu.

quand j'étais dans la chambre il faisait nuit, alors avec ou sans givre je voyais pas dehors. j'ai accroché une grosse couverture de laine devant la fenêtre et j'en ai mis une autre sur le lit.

un matin que je me levais il m'a tirée en arrière dans la chaleur du lit et je me suis rendormie. quand je me suis réveillée il faisait jour et j'avais froid. j'ai vu qu'il avait enlevé la couverture et qu'il me regardait.

j'ai vite sauté du lit, je me suis habillée et j'ai couru à la cuisine.

pendant que j'allumais le feu on a frappé à la porte du jardin. c'était hope. elle souriait et elle m'a annoncé que le bébé de violette était né.

elles avaient passé la nuit à attendre et quand il était sorti il avait crié.

elle m'a dit qu'ils avaient enterré le cordon sous le frêne pour qu'il ait une vie heureuse.

elle m'a dit que c'était un garçon.

il avait les mêmes cheveux que moi.

ses cheveux avaient la couleur du lait.

quand hope est partie, je suis rentrée et j'ai pensé à la ferme et au bébé qui devait pleurer la nuit. si j'étais là-bas je pourrais me lever et le bercer. c'était avec eux que je devais être, pas avec des gens qui n'étaient pas ma famille. je voulais y aller mais j'avais trop de travail, alors j'ai baissé la tête et je me suis mise à l'ouvrage.

elles sont venues à l'église quelques jours plus tard. j'attendais dehors sur le chemin et je les ai vus arriver. la mère d'abord qui portait le bébé dans ses bras. beatrice, hope et violette ensuite. on m'a laissée le prendre dans son châle. ses doigts se sont accrochés au mien et il a ouvert les yeux pour me regarder.

nous sommes entrées dans l'église. le révérend l'a béni et a versé de l'eau sur son front. puis le bébé est passé de bras en bras. à la fin la mère l'a pris. viens, elle a dit. viens avec ta maman.

je me suis tournée vers violette. elle a pas levé la tête.

après c'était l'heure de la traite alors elles sont retournées à la ferme et moi j'ai dû rester devant l'église. je les ai suivies des yeux sur le chemin jusqu'à tant qu'elles disparaissent.

je suis rentrée lentement. le révérend était assis dans la cuisine à côté du feu. il lisait.

il a levé les yeux quand il m'a entendue. est-ce qu'elles sont parties ?

oui.

c'est merveilleux que tu aies enfin un frère. ton père doit être aux anges.

je n'ai pas répondu. j'ai baissé la tête et j'ai sorti la farine et la levure pour le pain. alors il m'a dit qu'il avait reçu une lettre de ralph qui rentrait pour deux jours parce que c'était noël.

j'ai nettoyé sa chambre. j'ai aéré, j'ai ciré le bois de son lit, j'ai mis des draps et des couvertures. j'ai fait le pain et un gâteau. tout était prêt.

le révérend graham était très occupé à l'église et il avait des gens à voir.

le soir nous avons fait la leçon et j'ai lu à voix haute. puis il m'a suivie. une marche après l'autre. il s'est déshabillé à la chandelle et il s'est couché avec moi. il m'a prise dans ses bras et j'ai écarté mes jambes mais ce n'était pas ce qu'il voulait.

il s'est mis à pleurer et pour la première fois depuis qu'il venait dans ma chambre la nuit nous avons parlé.

pourquoi est-ce que vous pleurez ?

je me sens coupable et j'ai honte.

dans ce cas arrêtez de monter ici. si vous avez honte c'est parce que c'est mal alors il ne faut pas le faire.
mais cela me rend heureux.
vous êtes à la fois heureux et honteux ?
oui.
et vous ne pouvez pas avoir l'un sans l'autre ?
non.
ne montez pas. vous n'aurez plus honte.
mais je veux être heureux. mary. arrêtons de parler, nous tournons en rond.
en vérité vous ne voulez pas être honnête à propos des choses que vous faites.

le matin je me suis réveillée tard et j'ai dû me hâter de faire le feu et de chauffer l'eau. j'ai préparé le petit déjeuner et j'ai mis le jambon à cuire. puis une voiture s'est arrêtée devant la maison et j'ai entendu crier. on a frappé puis la porte du jardin s'est ouverte et ralph est entré dans la cuisine.
mary, est-ce que je t'ai manqué ? il a demandé d'une voix vivante.
non, j'ai répondu d'une voix morte.
je suis sûr que si. mon père m'a écrit que tu étais toute seule pour t'occuper de nous ce soir.
oui.
alors nous allons voir ce que vaut ta cuisine.
c'est pour ça que vous êtes rentré ? pour juger ma cuisine ?
il a ri. bien sûr que non.
il m'a observée un moment puis il m'a demandé comment se portait ma famille.
j'aurais pu leur rendre visite si j'avais eu un jour de congé mais c'est impossible puisque votre père veut que je fasse tout ici.
je sais. il m'a écrit pour me l'annoncer.

je l'ai regardé bien en face.
mais il y a du nouveau. violette a eu un bébé. mais ils prétendent que c'est celui à ma mère.
ah.
je pense qu'il vous ressemble.
tous les bébés sont pareils.
c'est pas vrai.
ils ont la tête ronde, deux yeux et une bouche.
mais les yeux et la bouche en disent long.
tu l'as donc vu ?
oui. comme c'est un garçon, mon père veut bien le garder.
alors il sera élevé à la ferme ?
vous avez l'air déçu. ça vous déplaît ?
oui.
s'il est rien pour vous, qu'est-ce que ça peut vous faire ?
mary tu ne changeras jamais. je suis là depuis deux minutes à peine et me voilà pris au piège. tu sais tendre tes filets.
le pasteur est entré à ce moment.
ralph, tu as fait bon voyage ?
les deux hommes se sont serré la main.
maintenant que c'est fini tout va bien.
et tu dois repartir après-demain ?
ralph s'est tourné vers moi. je viens d'arriver et il me demande déjà quand je pars. tu veux te débarrasser de moi, père ?
ne raconte pas n'importe quoi. j'aimerais te garder un peu. c'est pour cela que je te demande combien de temps tu peux rester.
dans ce cas allons dans ton bureau pour bavarder. mary, apporte-nous du thé.
j'ai porté le plateau dans la pièce où ils étaient assis tous les deux mais cette fois les chaises étaient de chaque côté du bureau. j'ai ajouté du bois dans la cheminée et j'ai sorti.

j'ai allumé un feu dans la salle à manger, j'ai ouvert les fenêtres et j'ai enlevé les housses qui protégeaient les meubles. je leur ai servi leur jambon là. l'après-midi ils sont allés se promener ensemble. le soir ils ont encore soupé dans la salle à manger puis ils ont bu leur thé dans le bureau et pour cette raison je devais entretenir les foyers dans toutes les pièces.

ils sont allés à l'église à minuit. les cloches ont sonné fort. moi aussi j'y ai été mais j'ai dû me hâter de rentrer dans le froid pour remettre du bois dans les chambres. après je suis redescendue, j'ai éteint les braises, j'ai pris ma bougie et je suis montée me coucher.

j'étais seule et j'ai bien dormi.

le matin je me suis réveillée tôt parce qu'il y avait trop à faire pour une personne. j'ai allumé les feux, fait chauffer l'eau et commencé à m'occuper du grand repas, puis ralph est entré dans la cuisine et il s'est installé près de la cheminée. il m'a regardée préparer le plateau de thé et faire cuire les rognons.

mon père dit que tu es une très bonne élève.
ah bon.
il affirme qu'il t'a appris l'alphabet en entier et que tu sais déjà lire certains mots.
oui.
c'est une grande réussite pour une petite paysanne.
ah bon.
mais oui. mary?
quoi?
est-ce que ça va? tu es beaucoup plus silencieuse qu'autrefois.
je vais bien.
quelque chose a changé.

non. rien n'a changé.
je me suis réfugiée dans l'arrière-cuisine comme ça il ne pouvait plus me regarder ou me poser des questions.
il m'a aidée. il s'est occupé du feu dans la salle à manger et le bureau puis je leur ai servi leur repas et j'ai soupé seule près du fourneau.
j'ai pensé à madame. je me souvenais de sa main sur ma tête, quand elle caressait mes cheveux.
ils sont retournés à l'église pendant que je débarrassais. j'ai lavé les assiettes, les verres, les casseroles, j'ai balayé et j'ai encore ramassé des plumes dans l'arrière-cuisine où j'avais préparé la dinde.
le lendemain ralph est venu me trouver avant de partir. il m'a dit je te reverrai à mon prochain séjour. en mon absence, occupe-toi bien de mon père. veille à ce qu'il ne manque de rien car j'ai l'impression qu'il vit de plus en plus comme un miséreux et qu'il a besoin d'aide.
puis la voiture l'a emmené.

nous étions de nouveau tous les deux.
la nouvelle année est arrivée. mille huit cent trente est devenu mille huit cent trente et un.
l'année que j'écris ces mots.

au sixième jour de la nouvelle année on bénissait les charrues. le matin nous avons sorti tous les deux et j'ai vu le père sur le chemin. ils ont dételé le cheval et ils ont poussé la charrue dans l'église avec toutes celles du village. je suis entrée et je me suis assise sur un banc. je voyais le père, la mère, violette, beatrice et hope. la mère portait le bébé.
nous sommes restés après leur départ et le révérend m'a demandé d'ouvrir la grande bible n'importe où.
je l'ai fait.

il m'a ordonné de lire.

j'ai mis mon doigt sur la page et j'ai déchiffré une lettre après l'autre lentement puis c'est venu de plus en plus facilement et bientôt je disais les mots à voix haute et je lisais. j'ai parlé plus fort et j'ai vu que j'allais plus vite et que je n'avais pas besoin de suivre avec le doigt.

alors j'ai imaginé que j'écrivais ces mots et je me suis rendu compte que ma main pouvait tracer toutes les lettres.

mary.

quoi?

ce que tu viens de lire. la bible te dit que tu dois ouvrir ton cœur et donner.

mais je n'ai plus rien. j'ai déjà donné tout ce que j'avais.

j'ai sorti de l'église pour rentrer au presbytère.

je suis passée par la porte du jardin et j'ai suivi le couloir jusqu'à la pièce blanche. j'ai refermé derrière moi. j'ai regardé les housses sur les chaises et la table. puis j'ai ouvert les rideaux bleus et j'ai regardé les arbres sans feuilles et l'herbe encore blanche de givre. car il y avait du soleil mais il n'atteignait pas l'herbe sous les arbres.

il faisait froid dans cette pièce et ce froid traversait ma peau.

je me suis tournée vers le mur et j'ai examiné la bibliothèque. j'ai pensé à ma surprise la première fois que j'étais entrée ici parce que je n'avais jamais rien vu de pareil.

je me suis approchée et j'ai pris un livre. je le tenais dans ma main et j'étudiais la couverture. je l'ai ouvert délicatement. il y avait des dessins avec du papier très fin dessus pour les protéger mais j'ai regardé ce qui était écrit et je comprenais tout. j'ai tourné les pages pour être sûre et j'arrivais à lire même si j'étais lente. à la place des traits noirs embrouillés je voyais des lettres. et des mots. et des phrases.

j'ai refermé le livre.
cette fois j'avais fini.
je savais lire et je savais écrire.
j'avais fini.

l'après-midi il m'a suivie dans la cuisine et il est resté là à me regarder travailler. mais on a frappé à la porte du jardin et lorsque j'ai été ouvrir il est parti s'enfermer dans son bureau parce qu'il ne voulait pas être vu en train de parler avec la bonne. c'était la mère. elle avait un fromage.
    c'est pour lui, elle a dit. mais rappelle-lui qu'il a pas payé celui d'avant.
    je l'ai pris et je l'ai rangé dans l'arrière-cuisine.
    j'ai demandé ça va ? le bébé a l'air en bonne santé.
    il a bon appétit.
    comment va le grand-père ?
    toujours vivant.
    dis-lui que je viendrai le voir bientôt. mais j'ai pas pu jusque-là, j'avais trop à faire.
    il faut que j'y aille. le père m'attend devant le presbytère.
    elle est partie.
    et la porte s'est refermée.
    je suis allée dans l'arrière-cuisine. j'ai pensé à la mère qui racontait que la première personne à goûter le fromage jeune aurait un bébé. j'ai fait attention à ne pas en manger. j'en ai coupé une tranche que j'ai recoupée en plusieurs morceaux, puis j'ai roulé le fil et je l'ai rangé dans ma poche. j'ai pris du pain encore chaud et un pot de chutney pas entamé sur l'étagère.
    j'ai mis un filet sur l'assiette, j'ai ajouté du bois dans le feu puis je me suis installée à côté. mais je ne supportais pas de rester à l'intérieur alors je suis sortie. j'ai traversé le jardin, je suis allée dans le cimetière et je me suis assise

sur une tombe. je pensais aux autres qui étaient là-bas à la ferme et moi ici. je pensais au bébé. au grand-père, à la mère et à mes sœurs. je me disais que si j'y retournais pas j'allais tout oublier. puis je me suis souvenue que j'avais lu à voix haute et que je n'avais même pas besoin de suivre avec mon doigt.

je ne voulais pas m'attarder dehors aussi longtemps mais je n'arrivais pas à me décider à rentrer. puis il a sorti de la maison et je l'ai entendu m'appeler.

il a fini par me trouver.

j'ai cru que tu n'allais jamais revenir, il a dit.

je n'ai pas répondu.

il fait un froid de loup. il va geler cette nuit. ne reste pas là.

il a essayé de me prendre par le bras mais je l'ai repoussé. je suis rentrée et il m'a suivie.

je suis allée dans la cuisine et j'ai voulu mettre du bois dans le feu.

je viens de le faire, il a dit. je pensais que tu en aurais besoin pour nous préparer à souper.

sans un mot je suis passée devant lui pour aller chercher l'assiette de fromage. j'ai retiré le filet et je l'ai posée sur la table.

ah. il n'y a pas de repas chaud ce soir ?

je l'ai laissé là et je suis montée dans ma chambre. je me suis déshabillée et j'ai enfilé la robe que je portais le jour de mon arrivée. elle n'avait pas été lavée et je l'ai pressée contre mon nez car elle avait gardé l'odeur de la ferme.

j'ai remis mon tablier par-dessus.

je suis restée sur mon lit jusqu'à tant qu'il n'y ait plus de lumière dehors et je suis descendue à tâtons. il était toujours à la table de la cuisine et les bougies étaient allumées.

mary voyons, ça ne te ressemble pas.

j'ai fait chauffer de l'eau pour laver la vaisselle.

tu ne vas donc pas me répondre ? j'exige que tu me parles.
alors je l'ai regardé. vous exigez ?
oui j'exige.
vous payez pour moi, vous pouvez m'obliger à rester ici mais vous ne pouvez pas m'obliger à faire tout ce que vous voulez.
vous pensez peut-être que j'étais calme mais ce n'était pas le cas. mon cœur battait si vite que j'avais l'impression qu'il allait se casser et mes mains tremblaient tellement que j'ai renversé un verre mais je l'ai rattrapé avant qu'il s'écrase sur les dalles.
mary. toi qui d'habitude es la joie et l'optimisme incarnés. toi dont la seule présence est un réconfort.
je sais. c'est ce qui plaisait à votre femme, non ? c'est pour cela qu'elle voulait que je reste là.
pourquoi te conduis-tu ainsi ? nous étions heureux.
non. vous étiez heureux.
il a repoussé son assiette. est-ce que tu vas me parler ?
non. j'ai dit ce que j'avais à dire et je suis fatiguée.
tu travailles toujours pour moi.
je l'ai regardé dans les yeux. j'avais remarqué.
j'ai emporté la vaisselle sale dans l'arrière-cuisine et je l'ai lavée. quand je suis revenue il n'avait pas bougé.
est-ce que tu peux faire du thé ?
oui.
je t'attends dans mon bureau. et mets une seconde tasse sur le plateau.
il a sorti et j'ai entendu ses pas dans le couloir, le bruit de la porte du bureau qui s'ouvrait et se refermait.
j'ai préparé son thé. j'ai versé l'eau sur les feuilles. elles se sont dépliées dans la théière.
mais je n'ai mis qu'une tasse sur le plateau.
j'ai porté le thé et je l'ai posé sur son bureau.

comme j'allais partir il a dit mary reste. c'est l'heure de ta leçon.
non. j'ai du travail à la cuisine.
c'est pour moi que tu travailles. je suis ton employeur et je t'ai demandé de rester.
j'ai secoué la tête. vous ne comprenez pas. je sais lire et écrire maintenant et ça me suffit.
tu as encore beaucoup à apprendre.
j'en sais assez pour ce que je veux.
c'est-à-dire?
pour l'instant je ne suis pas sûre, mais un jour je saurai.
n'oublie pas que tu ne peux pas partir d'ici si c'est à cela que tu penses.
vous n'avez aucune idée de ce que je pense. maintenant je m'excuse mais j'ai mon ouvrage à finir.
j'ai sorti.
j'ai fini ce que j'avais à faire puis j'ai pris ma bougie et je suis montée tout en haut dans la chambre. le froid était dans les murs et le matelas. comme si chaque plume du lit était gelée. chaque planche couverte de glace.
je me suis couchée tout habillée et je me suis recroquevillée jusqu'à tant qu'un peu de chaleur de mon corps passe sous les draps.
au bout d'un moment j'ai commencé à me dégeler. j'ai soufflé la bougie.
pas longtemps après j'ai entendu des pas dans l'escalier.
quelques marches puis rien, et encore quelques marches.
je savais qui c'était.
je savais ce que ça voulait dire.
la poignée a tourné lentement. je me suis levée et je me suis appuyée contre la porte, mais il a poussé plus fort et je me suis retrouvée contre le mur. il est entré, il a refermé et

il a posé sa bougie sur la caisse. il m'a allongée sur le lit et il m'a grimpé dessus.
    que se passe-t-il? il a demandé. est-ce que j'ai été cruel avec toi? est-ce que je ne t'ai pas bien traitée? je me suis occupé de toi.
    je veux plus que vous montiez ici.
    tu ne t'es jamais plainte avant.
    il a mis sa main sous ma jupe et il a essayé de la glisser entre mes jambes mais je serrais de toutes mes forces. il a voulu mettre sa langue dans ma bouche mais je l'ai gardée fermée.
    ne m'oblige pas à faire ça mary.
    il a écarté mes cuisses de force et il a appuyé son genou sur ma patte folle comme ça je ne pouvais plus bouger. je sentais l'air froid sur moi.
    s'il vous plaît non. s'il vous plaît.
    il a attrapé mes poignets et il maintenait mes jambes avec son genou. il a enlevé ses vêtements et il s'est enfoncé.
    j'avais mal.
    il a fait ce qu'il voulait et après il transpirait et sa respiration s'est calmée. il m'a serrée dans ses bras. il m'a dit pardon. je n'aime pas te faire mal. mais il ne faut pas te débattre. tu comprends?
    je n'ai pas répondu. j'étais allongée. j'étais immobile. j'étais raide.
    tout va recommencer comme avant. il y aura une leçon demain soir puis nous irons nous coucher et je te promets de ne pas être brutal.
    il n'a pas attendu que je réponde. il s'est étendu sur le dos et il s'est endormi.
    je suis restée sans bouger je ne sais pas combien de temps. puis j'ai baissé ma jupe parce que j'avais froid. et mon tablier.
    et c'est à ce moment-là.

pas avant. à ce moment-là.

j'ai senti quelque chose dans ma poche. j'ai plongé la main dedans et j'ai touché le fil à fromage.

je n'ai pas réfléchi. ce qui s'est passé après ça n'était ni calculé ni préparé. je dis la vérité dieu m'en est témoin.

j'ai pris les deux poignées en bois et j'ai approché le fil de son cou. je ne pensais à rien, j'ai seulement pressé de toutes mes forces et il a fait un drôle de gargouillis mais comme on était dans le noir je ne voyais rien, je ne savais pas ce que je faisais, j'appuyais comme sur le fromage sans relâcher et quand ses bras et ses jambes se sont agités j'ai mis tout mon poids puis il y a eu un craquement horrible et j'ai senti le sang tiède sur mes mains.

c'était chaud. et ça puait.

il y avait beaucoup de bruit.

au bout d'un moment il a arrêté de bouger et ça coulait moins alors j'ai lâché le fil. j'ai sauté du lit.

j'ai couru à la porte. j'ai cherché la poignée et j'ai sorti. je m'accrochais au mur et à la rampe dans l'escalier. je suis arrivée sur le palier du premier étage et j'ai continué jusqu'à en bas. j'ai été à la cuisine. les braises étaient encore chaudes et j'ai jeté du petit bois dessus. j'ai attendu qu'il prenne. quand les flammes ont jailli j'ai mis des bûches pas trop grosses.

vous allez croire que je mens et pourtant c'est la vérité. mes mains ne tremblaient pas et mon cœur battait si lentement que j'avais l'impression qu'il allait s'arrêter. c'était comme si je marchais en dormant.

les bûches ont pris alors j'ai approché la chaise du feu.

je ne sais pas vraiment ce qu'il y avait dans ma tête cette nuit-là. je contemplais les flammes et dès qu'il n'y en avait plus je rajoutais du bois. je surveillais la fenêtre pour voir quand le ciel allait pâlir.

ça me brûlait entre les jambes et j'avais mal aux mains.
je n'avais pas envie de penser. ma tête était vide car je me forçais à tout oublier sauf le feu, le jour et le froid.
puis dehors ça s'est éclairci. c'était l'aube et le jour est entré dans la pièce alors j'ai arrêté de mettre du bois.
je me suis levée. je me suis examinée. j'avais du sang partout sur les bras, sur ma jupe et mon tablier. je les ai enlevés et je les ai jetés au feu. je les ai regardés flamber. je suis allée à l'arrière-cuisine pour me laver dans le seau émaillé blanc. l'eau est devenue rose.
j'ai été jusqu'au pied de l'escalier. sur le mur blanc j'ai vu des empreintes de main rouges là où je m'étais appuyée en descendant.
je suis montée et il y avait d'autres empreintes. plus ça allait plus elles étaient rouges et comme ça jusqu'en haut. je me suis arrêtée sur le seuil de ma chambre. j'avais les yeux baissés et je voyais les taches où le plancher avait bu le sang. je voyais son bras qui pendait du lit et touchait le sol.
j'avais froid alors j'ai enfilé ma jupe et mon tablier de rechange. j'ai mis mes chaussures. j'ai dû m'approcher pour prendre le livre qu'il m'avait donné et qui était sur la caisse. je l'ai glissé dans ma poche. je ne voulais pas mais j'ai levé les yeux sans faire exprès et je l'ai vu avec le fil toujours dans son cou.
là je me suis mise à trembler.

j'ai marché jusqu'au sommet de la colline. je me suis assise par terre et je suis restée là longtemps. le sol était froid mais je voulais que ça me fasse mal là.
je voyais où je voulais aller.
j'ai regardé mes mains. la ligne autour de mes ongles était rouge de sang.
je me suis levée et je suis redescendue de l'autre côté. je

ne marchais pas sur le chemin mais je rasais les champs, près des taillis, pour ne pas me faire remarquer. quand je suis arrivée à la ferme je me suis glissée dans la petite remise derrière la grange.

   il y avait du vieux foin et je m'en suis fait une paillasse. je me suis blottie dans un coin. je n'ai pas mangé, je n'ai pas bu, je n'ai pas dormi. je suis restée là et j'ai essayé de vider ma tête pour ne plus penser et ne pas me rappeler ce qui s'était passé.

   plus tard, quand la lumière s'est éteinte dans le ciel et que la nuit me cachait je me suis levée et j'ai sorti dans la cour. j'ai tiré de l'eau du puits et j'ai trouvé du pain rassis dans le seau qui attendait pour le cochon. j'ai trempé mon quignon dans l'eau et j'ai mangé puis je suis retournée à la remise.

   j'ai dormi cette nuit-là et le matin j'ai été réveillée par des voix. j'ai entendu les vaches qu'on rentrait pour les traire. puis les pleurs du bébé. je voulais y aller mais je n'ai pas osé.

   je suis restée là toute la journée puis en fin d'après-midi j'ai entendu d'autres voix. deux hommes. ils ont parlé avec violette puis avec la mère et le père. ils expliquaient que le jardinier l'avait découvert. puis ils ont dit qu'ils allaient fouiller la ferme. j'ai entassé du foin sur moi et je n'ai plus bougé. ils s'interpellaient. une des voix parlait de plus en plus fort. je retenais mon souffle. la porte s'est ouverte. les pas se sont rapprochés et quelqu'un a soulevé le foin. c'était le père. il m'a regardée et je l'ai regardé. derrière lui il y avait un homme qui attendait sur le seuil. il a tout remis en place.

   il a dit non, rien ici non plus.

   et ils sont partis.

   plus tard quand les deux voix se sont tues il est revenu pour enlever le foin. j'ai sorti de ma cachette et je me suis époussetée.

rentre, il a fait.
j'ai traversé la cour qui était pleine de boue et de merde. la mère était assise à table de la cuisine. elle s'est tournée vers moi mais elle n'a pas ouvert la bouche.
ils vont revenir, a dit le père. tu peux pas rester ici longtemps.
je suis montée en courant dans mon ancienne chambre. il n'y avait plus de lit, seulement un rectangle plus foncé sur le sol à la place. la couverture était toujours devant la fenêtre. je l'ai écartée et j'ai regardé notre champ et les haies. notre vache était couchée dans l'herbe et elle a bougé la tête comme si elle avait senti mes yeux sur elle. ensuite je suis allée dans la chambre à côté et j'ai vu les deux lits avec la bible de beatrice sur le sien.
je suis redescendue. il n'y avait personne dans la réserve, seulement l'odeur entêtante des pommes. alors j'ai été dans l'autre pièce et je l'ai trouvé assis là, ses pieds sur la deuxième chaise.
il m'a regardé un long moment. puis il a dit ils te cherchent.
je sais.
assois-toi.
j'ai pris la chaise et je me suis installée près de lui. j'ai dit je ne suis pas venue pour rien. j'ai plongé la main dans la poche de mon tablier et j'ai sorti la bible noire que le pasteur m'avait donnée. je l'ai ouverte à la première page et j'ai lu. *au commencement*, j'ai dit. et j'ai continué.
il n'a pas parlé. il écoutait et il me regardait. j'ai posé le livre sur mes genoux.
tu lisais vraiment ?
oui. et j'ai appris à écrire aussi.
t'auras pas besoin de savoir lire et écrire là où tu vas. ils sont venus te chercher.
je sais.

ils reviendront.
ça sera pas la peine.
pourquoi?
parce que je m'en vais les trouver.
j'ai refermé le livre et je l'ai remis dans ma poche.
est-ce que tu es fier de moi?
il n'a pas répondu.
dis-moi que tu es fier.
il m'a regardée et il a dit quand tu lisais j'étais fier de toi.
oui, j'étais fier.
j'ai hoché la tête.
il faut que j'y aille maintenant.
je sais.
je me suis levée et j'ai touché sa main avec la mienne. sa peau était sèche et froide. je l'ai serré une dernière fois et je suis retournée à la cuisine.

la mère m'a suivie des yeux. elle tenait le bébé contre elle. j'ai tendu les bras vers lui. mais elle n'a pas voulu me le donner.
qu'est-ce t'as fait?
j'ai secoué la tête. j'en sais rien.
où c'est que tu vas maintenant?
je retourne au presbytère.
mes sœurs étaient dans la cour et je me suis arrêtée dans la lumière mourante et la boue. j'ai pensé à mon dernier jour ici quand on nettoyait la grange. j'ai pensé à l'air d'été. nous toutes à l'ouvrage. les oiseaux qui piquaient vers le sol et remontaient, le soleil rouge et la douceur du soir.
j'ai continué, je suis passée devant mes trois sœurs, devant le père, j'ai pris le sentier et je me suis éloignée sans me retourner. j'ai marché jusqu'à la grande maison.

PRINTEMPS

ceci est mon livre et je l'ai écrit de ma propre main.
chaque mot.
chaque lettre.

je vous ai promis de dire la vérité sur ce qui s'est passé et je l'ai fait. tout est vrai sauf une chose.

j'ai dit que j'écrivais assise près de ma fenêtre et que je voyais les arbres et les oiseaux. j'ai dit que je voyais la pluie couler sur la vitre.

j'ai dit que je ne voyais pas les champs derrière le lourd rideau de brume.

j'ai dit que je voyais mon visage pâle dans la vitre.

j'ai dit que j'avais ouvert la fenêtre parce que j'avais du mal à respirer.

tout cela n'est pas vrai.

parce que je n'ai pas de fenêtre ici. je ne vois rien.

il y a un mur devant moi. j'ai une chaise, une petite table et un lit.

j'ai du papier, de l'encre, une plume. et un pot de chambre.

il y a une porte qu'on ouvre pour me donner de la nourriture, de l'eau pour boire et me laver, ou pour vider mon pot.

je ne vois pas ce qu'il y a dehors. mais le monde est toujours là dans ma tête.

quand on m'a enfermée j'ai demandé une plume et de l'encre. des feuilles. et aussi du papier buvard. j'ai trempé ma plume dans mon encrier et j'ai écrit.
   je m'appelle mary. m. a. r. y.
   mes cheveux ont la couleur du lait.
   j'ai décidé de commencer au commencement et de finir à la fin.
   la fin je la connais parce qu'ils vont bientôt venir me chercher et ils vont m'emmener.
   il fallait faire vite car je n'avais pas beaucoup de temps. je voulais vous raconter les choses comme elles s'étaient passées et que vous sachiez pourquoi j'ai fait ce que j'ai fait. et vous voyez que ce n'était pas sans raison.

   mais il y a encore une chose que j'aimerais dire.
   chaque jour que le soleil se lève mon ventre grossit.
   depuis que j'ai commencé à écrire j'ai l'estomac qui se soulève.
   je sais que je porte un enfant.
   si je leur dis ils me garderont ici derrière cette porte fermée pour le restant de mes jours, ils me prendront le bébé et je ne le verrai plus.
   je ne les laisserai pas faire.
   alors je me tais.
   ils peuvent m'emmener.
   je sais ce qu'ils vont me faire. ils vont me passer une corde autour du cou comme j'ai mis le fil autour du sien. et quand je serai morte mes jambes se balanceront au-dessus de la foule.
   et mon bébé mourra avec moi. en moi.
   mon bébé restera toujours auprès de moi. ses cheveux auront peut-être la couleur du lait mais ils ne seront jamais souillés par le sang.

à présent j'ai fini et je n'ai plus rien à vous dire.

je vais écrire ma dernière phrase et je vais prendre le papier buvard pour que les gouttes d'encre au bout de chaque mot ne fassent pas de tache.

et après je serai libre.

*Cet ouvrage
a été mis en pages par In Folio,
reproduit et achevé d'imprimer
en avril 2014
dans les ateliers de Normandie Roto Impression s.a.s.
61250 Lonrai
N° d'imprimeur : 14-00486*

Imprimé en France

Dépôt légal : avril 2014